Pierdomenico Baccalario

# LO SPACCIATORE DI FUMETTI



Einaudi Ragazzi

*Per Muttley,*
*Invisibile, nel bosco.*

*Non ti mentirò, piccolina.*
*C'è una parte di me che è selvaggia e feroce.*
*Sono un uomo duro, abituato a maniere dure.*
*Questo non è bello e sicuramente non è piacevole.*
*Ma essere un uomo significa scegliere di crescere,*
*di cambiare e di accantonare il passato.*
*Alcuni di noi non ci riescono*
*o, peggio, non vogliono farlo.*

Wolverine, nel fumetto *Lupo Ferito*,
di Chris Claremont e Barry Windsor-Smith

# 1. Mister Fantastic

Non è che avessi paura, sia chiaro.

Ma non potevo nemmeno far finta di niente: era una cosa pericolosa.

Ero uno spacciatore di fumetti.

Stavo attraversando mezza città, la piazza del parlamento, il ponte Margherita e il parco con la ghiaia che sembrava piangere sotto alle scarpe, per incontrare una persona, una persona di cui conoscevo a malapena il nome.

Non sapevo da dove venisse, ma non era la prima volta che la incontravo, sempre lí, in quella certa panchina in quel certo vialetto del parco dell'isola Margherita, l'undici di ogni mese. Alle cinque in punto.

Eravamo d'accordo cosí.

Mentre camminavo con lo sguardo sulla punta delle mie scarpe, pensavo che il parco non doveva essere comodo nemmeno per lei, per la persona che dovevo incontrare.

C'erano solo alberi rinsecchiti, erbacce, fango, e l'acqua marrone del Danubio che solo ad annusarla faceva venire il voltastomaco.

C'erano anche le anatre, certo. E i corvi neri che planavano dalla cima della torre.

Non ricordo il motivo preciso per cui ci incontravamo lí, e non in qualche posto piú comodo: al mercato coperto, o alle

terme Gellert, o alla statua guerriera di Santo Stefano. Io avevo solo accettato.
Raggiunsi il primo dei tre ponti che dovevo superare e mi domandai da dove venisse la persona che dovevo incontrare.
Secondo me, arrivava da molto lontano: dalla Germania, o dalla Francia. Non so per quale motivo, ma ne ero assolutamente sicuro.
Certe cose le intuivo, cosí, e una volta che le avevo pensate non se ne andavano piú via.

Proseguii lungo l'argine, camminando veloce, ma non troppo, perché non volevo che qualcuno mi fermasse per chiedermi cosa avessi per affannarmi tanto. Magari un poliziotto, e allora sarebbe stato davvero un guaio. Ce n'erano piú di centomila e non avevano praticamente nient'altro da fare che fermarti e porti delle domande. Se non rispondevi bene potevano perquisirti. E se mi avessero perquisito quel giorno, sarebbe stato un problema.
Un grandissimo problema.
Non potevo permettermelo.
Quindi dovevo procedere alla velocità giusta, senza dare nell'occhio, un po' annoiato, un po' infastidito, meglio ancora se con le spalle leggermente curve, come uno già abituato a ubbidire.
Volevo arrivare senza intoppi a quella certa panchina, in quel certo vialetto del parco dell'isola Margherita.
Incontrarmi con quella persona; vedere cosa aveva per me.
E una volta fatto quello, sarebbe iniziata la parte piú difficile.

Era l'11 aprile.
Il cielo era particolarmente spento. Le strade echeggiavano di uno strano silenzio, ed erano vuote, se non per qualche ombra in cappotto che si spostava rasente ai muri. Io indossavo il mio giaccone piú grande, verde militare, con tante tasche. Non era un giaccone qualunque. Lo avevo scucito per ricavare una sacca segreta, tra la stoffa e l'imbottitura.
Camminavo veloce, ma non troppo, pensando a quanto era grigio il cielo e quanto era strano il silenzio.
E tastavo la mia sacca segreta.
Quando raggiunsi il secondo ponte, vidi le acque del Danubio come mai le avevo viste prima di allora.
Mi fermai a osservarle. Cercai il riflesso del mio volto: Sándor, quindici anni, che trasportava una certa dose di tensione nella tasca segreta del giaccone militare.
Mi accorsi che le onde del Danubio producevano un rumore magico. Lo stesso rumore che fanno i ricordi quando ci svegliano di soprassalto.
La magia durò un istante.
Sentii una sirena, e ricominciai a camminare fino al terzo ponte.
Una volta lí mi inoltrai nel parco alla ricerca della persona che dovevo cercare.

Il suo nome era Mikla Francia Kiss.
Era un uomo di una certa età e di un certo fascino. E questo è stato per molto tempo tutto ciò che sapevo.
Non ero nemmeno sicuro che Mikla Francia Kiss fosse il suo vero nome. Molte famiglie ebree, ma anche russe, avevano

cambiato le proprie generalità per cercare di diventare piú ungheresi.
Per quello che ne sapevo io, il signor Francia Kiss poteva essere un ebreo, un russo, un ungherese, un francese o anche un tedesco. Non aveva accenti. Parlava lentamente.
E conosceva l'inglese.
Per questo, forse, ero convinto che venisse da molto lontano.
Calpestai la ghiaia. L'orologio di mia madre mi stava comunicando che ero in ritardo di alcuni minuti. Accelerai il passo, convinto che non ci fosse nessuno che potesse vedermi.
L'aria fredda mi pungeva la gola.
Ed ero stato stupido, pensai. Avevo dimenticato di prendere una sciarpa e ora me ne accorgevo. Avevo appena terminato di leggere una storia ambientata nelle isole tropicali, e avevo immaginato che facesse caldo anche nella realtà. A volte immaginare le cose serviva, ma non con il freddo, in una città dove si gelava per piú di otto mesi all'anno.
Superai un crocicchio di stradine. C'erano pozzanghere lucide in cui scorrevano lente le nuvole. Ero quasi arrivato.
Un paio di svolte e avrei incontrato il signor Mikla Francia Kiss, seduto alla solita panchina.
Il mio enigmatico contatto aveva lo sguardo perso tra le onde sporche del Danubio. O forse fissava le anatre, immobili come bombe disinnescate sulla riva del fiume.
Una bella immagine, pensai, cominciando a correre. Le anatre come bombe disinnescate. Dovevo raccontarla a Nikolai, perché magari potevamo farne qualcosa. Usarla nel nostro grande progetto.
Dovevo ricordarmene il giorno dopo.

– Ragazzo! – esclamò il signor Francia Kiss, quando si accorse di me. – Pensavo che questo mese non saresti venuto! Mi sarebbe davvero dispiaciuto, perché ho delle belle sorprese!
– Mi scusi. Signor... Mikla... – ansimai.
Pochi minuti di corsa ed ero già senza fiato, con la gola in fiamme.
Mi piegai sulle ginocchia e gli sorrisi. – Mi scusi... per il ritardo...
– Quale ritardo?
Batté il palmo della mano sul legno tarlato della panchina, e io mi sedetti accanto a lui.

Rimanemmo alcuni istanti in silenzio, mentre riprendevo vergognosamente fiato.
Il mio interlocutore appariva tranquillo, anche se, quando distendeva il viso, gli rimanevano molte e minuscole rughe attorno agli occhi, come se il suo sguardo fosse sempre stato minacciato da una preoccupazione.
Aveva una barba corta e appuntita, come quella di Nick Fury, e indossava un impermeabile grigio annodato in vita. Le sue scarpe erano logore. Le mani curate con le unghie ben tagliate.
– Com'è andata il mese scorso con gli altri? – mi domandò di punto in bianco, senza smettere di vagheggiare con i suoi occhi azzurri sulla superficie del fiume.
Non sapendo bene cosa intendesse con «altri», risposi in modo evasivo. – Bene.
– Ti sono piaciuti?
Ora avevo capito. – Sí, – risposi. – Moltissimo.

– E quale, piú di tutti?
– Gli Inumani, – risposi, senza nemmeno pensarci. E subito dopo aggiunsi, quasi per scusarmi di non aver citato quello che secondo me lui si aspettava che citassi: – E anche il mitico *Thor contro Mangog*.
– Imperdibili tutti e due... – mormorò il signor Francia Kiss.
– Due grandi fumetti di Jack Kirby.
Jack Kirby era il nome del disegnatore, ricordai. Uno dei preferiti di Nikolai.
– E l'hai letto Watchmen?
L'avevo letto, sí, ma mi mancavano ancora troppi fascicoli per riuscire ad apprezzarne la storia. Anche se la spilla con lo Smile, proprio all'inizio, con la goccia di sangue che ci finiva sopra, mi aveva letteralmente fatto impazzire.
– Geniale, – gli dissi, anche se era stato Nikolai a dirlo per primo.
– Esatto, – convenne il signor Francia Kiss. – È un fumetto geniale... – E poi citò: – Chi controlla i controllori?
Era proprio di quello che parlava il fumetto: di controllori e controllati. Di eroi in crisi. Di un tempo in cui nella città dei supereroi le cose andavano meglio, ed era piú facile sapere chi fossero i buoni e chi i cattivi.
Il signor Mikla Francia Kiss sospirò, e con quel sospiro cercò di farmi capire che c'erano molti punti di contatto tra la storia immaginata in quel fumetto e quella vera di Budapest.
Ma io ero troppo ansioso di scoprire quali sorprese avesse in serbo per me. Glielo dissi e lui piazzò in mezzo a noi una sacca da viaggio.
Rimasi sorpreso. Non me l'aspettavo cosí grande.

– Te l'ho detto che è un mese speciale, – disse il signor Francia Kiss, aprendola.
Intravidi le bustine di plastica che proteggevano le copertine dei fumetti e ne contai dieci, venti, trenta...
E a quel punto sentii, d'improvviso, la gola che mi bruciava e le mani che formicolavano.

# 2. Il Supereroe in incognito

Il signor Francia Kiss fu incredibilmente generoso.
Mi consegnò di straforo una quarantina di albi diversi, alcuni dei quali erano precisamente quelli che gli avevo chiesto.
Come faceva a procurarseli?
Preferivo non domandarmelo.
Me li infilai tutti nella tasca segreta, sparpagliandoli nel giaccone, che diventò di colpo pesantissimo. Provai a camminare e mi ritrovai a barcollare, come un soldato in armatura.
Ma strinsi i denti: era il mio lavoro.
– Sicuro di farcela? – mi domandò il signor Mikla Francia Kiss, studiandomi divertito. – Se vuoi, te li posso portare la prossima volta.
Gli risposi di no. Che ero tranquillo, anche se non lo ero e che non avrei avuto problemi a portare i fumetti fino a casa, al sicuro.
– Come vuoi. Adesso tocca a te.
Esatto.
Gli passai un foglietto con una lista di titoli. – Se ci riesce, i miei stanno cercando questi titoli.
Lui scrutò brevemente il foglietto, poi si alzò dalla panchina.
– Cercherò di fare il possibile, – mi disse.
Io gli mostrai i fiorini che avevo portato con me. – Posso pagarla, se vuole.

Ma lui scosse il capo. – Non se ne parla, ragazzo. Quello che riesco a portarti è tuo e basta.

– Grazie, – mormorai.

Ci salutammo e ci demmo appuntamento per il mese successivo, alla stessa ora, stesso posto.

Poi, con l'ingenuità inarrestabile dei miei quindici anni, mi avviai lungo la strada del ritorno, a passo lento, ma costante.

Avevo studiato il percorso nei giorni precedenti, per evitare grane. I fumetti erano vietati, in Ungheria, e i professori pensavano che nessuno di noi avrebbe dovuto leggerli. Li chiamavano «spazzatura», «propaganda americana», o questo genere di cose.

Io non avevo mai davvero capito cosa significasse «propaganda», ma capivo perfettamente «spazzatura», e non ero d'accordo. A me piacevano.

E non solo a me.

Per questo cercavo di leggerne il piú possibile. E di farli girare di nascosto tra i miei amici. Di spacciarli.

Non avevo un'idea chiara del perché fossero vietati, e nemmeno se lo fossero per tutti i ragazzi ungheresi. Ma lo erano per me, per i miei compagni di classe, per i miei amici. E io, i miei compagni di classe, i miei amici, erano tutto il mondo che conoscevo.

Eccomi di ritorno, quindi.

Ero un contrabbandiere di storie e ne andavo fiero.

Sapevo che c'erano molte persone che aspettavano quei fumetti. Gente che voleva leggere gli X-Men, oppure Silver Surfer e Dottor Strange. Bastava che io ce la facessi, anche quel mese.

Era un rischio appagante.
Mi sentivo un uomo. Un grande. E forse, un po', lo ero davvero.
Superai le rotaie del tram, facendo attenzione, come se fossero le lame di un rasoio.

Il sole era già calato e le ombre si allungavano a coprire la città. Anziché scendere lungo il fiume, passando a uno a uno i tre ponti, avevo deciso di tagliare nel mezzo, fino alle maestose facciate di viale Andrássy, il piú ricco della città.
Lí, almeno, le luci erano tutte accese.
Dovevo fare attenzione.
Ogni minimo rumore di automobile o della linea metropolitana che rimbombava sotto terra, ogni persona che ne salutava un'altra dal lato opposto della strada, ogni schiamazzo di bambino o latrare di cane era per me come una puntura di zanzara.
Ogni movimento mi faceva sussultare, controllare i fumetti sotto al giaccone, e rallentare.
Poi ripartivo, le orecchie all'erta, lo sguardo a raggi X, come quello di Superman.
Dovevo raggiungere il ghetto, dove io abitavo, e dove le luci erano meno luminose e i viali si facevano piú stretti, le strade piú tortuose e i palazzi sembravano appoggiarsi gli uni agli altri, per stare su.
Superai le botteghe di stagnini e falegnami, il negozio del vetro, la mia scuola e, nello slargo, il gommista che stava facendo bollire gli pneumatici vecchi.
Un'automobile ruggí in un garage senza serranda. I manifesti delle feste del 23 febbraio (anniversario della nascita del-

l'Armata rossa), del 15 marzo (fondazione della Prima Repubblica Sovietica) e del 4 aprile (liberazione dell'Ungheria dai nazisti da parte dei sovietici) si staccavano dai muri in brandelli impregnati di colla.

Mi strinsi addosso il giaccone militare pieno di fumetti e proseguii nel dedalo di viuzze, fino all'ingresso dei Cortili in cui abitavo.

Solo lí tirai un lungo sospiro di sollievo.

Sopra la mia testa c'erano cinque piani di appartamenti bui.

Attraversai l'ingresso di via Király, malamente illuminato: sul soffitto si scorgevano ancora i segni del grande lampadario di ferro battuto che era stato rubato molti anni prima, quando in città c'erano state la rivoluzione e poi la controrivoluzione.

Non sapevo se l'avessero rubato i rivoluzionari o i controrivoluzionari.

Un brivido mi serpeggiò lungo la schiena. Avevo appena superato quel primo ingresso, quando una voce riecheggiò nel cortile che seguiva: – Földesi?

Földesi è il mio cognome. È il cognome di mio padre, per la precisione, perché il mio vero è: Németh.

Mi fermai di colpo, non solo perché qualcuno aveva pronunciato il mio cognome, ma perché quel qualcuno era il signor Kádár.

– Signor Kádár... – lo salutai, impacciato.

Il signor Kádár se ne stava appollaiato alla fine della scala, per metà in ombra, per metà illuminato dalla strana luce che filtrava da una finestra delle scale, e che probabilmente arrivava dalla strada. Aveva scarpe lucide e scintillanti, con la punta quadrata che gli conferiva ancora piú autorità.

Avevo una paura matta di lui.
Il signor Kádár diceva di essere un dottore. Ma noi tutti sapevamo che non era cosí. Nei Cortili si diceva che era stato addestrato in Unione Sovietica, a Mosca, e che in realtà lavorava per la Polizia Segreta, nel famigerato Dipartimento III/III, quello che cerca i dissidenti.
O gli spacciatori di fumetti, com'ero io.
– Che ci fai, ancora in giro? – mi domandò il dottore che dava la caccia ai dissidenti.
Barcollai, la fodera segreta del mio giaccone improvvisamente troppo pesante.
– Niente di speciale... – risposi.
Il signor Kádár aveva un viso lungo e stretto, come se fosse rimasto schiacciato in una morsa. I suoi occhi avevano lo stesso colore delle cimici e il suo fiato puzzava nello stesso modo. Aveva i denti e i polpastrelli ingialliti dalla nicotina.
Mi fece cenno di avvicinarmi e io gli ubbidii, con il cuore che però scalpitava perché andassi via.
– È piuttosto tardi, per rincasare... – osservò.
Qualcosa di metallico balenò tra le sue mani. Dall'accendino si sprigionò una fiamma secca, crepitante, poi il signor Kádár aspirò il fumo azzurrognolo di una sigaretta. – I tuoi genitori saranno preoccupati...
Io pensai a mille cose, e le dimenticai tutte insieme. Il signor Kádár conosceva i miei genitori?
Notai che i suoi occhi scrutavano l'ingresso coperto da cui ero appena arrivato, là dove c'era la strada, e intuii che il signor Kádár non stava aspettando me. E che quell'incontro era del tutto casuale.

Pensai di domandargli qualcosa, tipo come stava o come stava sua moglie, ma poi ricordai che il signor Kádár non era sposato. Faceva sempre una battuta cui non rideva nessuno, ovvero che non aveva mai trovato una donna che volesse prendersi cura di lui e del suo cognome. Kádár era stato il cognome dell'unico presidente dell'Ungheria degli ultimi trent'anni.
Rimasi zitto.
E lui, invece, mi domandò: – Sei stato a bighellonare?
Bighellonare, mi ripetei. Chi mai poteva usare quella parola, se non un agente della Polizia Segreta? «Bighellonare» non era una parola comune e mi colpí perché mia mamma, un giorno, mi aveva spiegato che ai poliziotti che andavano a studiare a Mosca insegnavano anche a parlare, e che, dopo, sapevano usare una serie di parole che permettevano loro di riconoscersi, anche se non indossavano la divisa.
Parole come «bighellonare», pensai. Un poliziotto sente una persona dire «bighellonare», si gira, e capisce che quella persona è un poliziotto come lui. Era cosí che funzionava.
Ma io non ero un poliziotto. Io stavo dall'altra parte.
Ero un contrabbandiere.
– No, signor Kádár. Sono stato di qua e di là e non mi sono accorto dell'ora... – risposi. – Era una bella giornata, di quelle che ti fanno venir voglia di camminare...
Cercai di fingermi tranquillo, di ignorare il mio cuore impazzito, e il peso dei fumetti. Feci finta di essere sotto interrogatorio, come Bruce Wayne, nell'ultimo Batman che avevo letto, quando Hugo Strange era arrivato a un passo dallo scoprire la sua identità segreta. Dovevo essere esauriente, senza però dare informazioni concrete.

– Era una bella giornata, è vero... – commentò il signor Kádár. Poi aspirò la sigaretta, facendola diventare incandescente. – C'è aria di primavera.
– Proprio così, – convenni.
– Ma sei vestito come se fosse inverno...
Feci un passo indietro, temendo che volesse sfiorare il mio giaccone verde. Se l'avesse fatto, le sue mani abituate alle perquisizioni avrebbero sicuramente sentito lo spessore dei fumetti nascosti sotto all'imbottitura.
– ... E hai un bell'orologio... – continuò il signor Kádár. – Avresti dovuto accorgerti che si faceva tardi.
– Ha ragione! – provai a scherzare.
Sollevai d'istinto il cronometro che mamma mi aveva comprato al banco dei Polacchi e, nel farlo, mi dimenticai di quanto fosse diventata pesante la mia manica. Pregai che il signor Kádár non si fosse accorto del mio imbarazzo, e fui fortunato, perché lui stava di nuovo guardando verso la strada, il volto appoggiato all'incavo della mano, con la si garetta tra le dita che si stava trasformando in un artiglio di cenere.
– Be', buona notte, signor Kádár, – sussurrai, arretrando di un altro passo. – Vado a prendermi la mia sgridata.
Lui girò il viso verso di me, e mi guardò come se poco prima avesse cancellato il mio volto dalla sua memoria e dovesse nuovamente mettermi a fuoco.
– Se tuo padre ti vuole sgridare, digli di non farlo.
– Lo farà comunque.
– Digli che glielo dico io. Digli proprio così: «Il signor Kádár ha detto di non sgridarmi».

Annuii, precipitosamente, senza voler davvero capire quello strano consiglio. – Lo farò, – dissi.

– Bravo, ragazzo.

Poi mi allontanai e me lo lasciai finalmente alle spalle, camminando veloce, ma non troppo, fino al cortile successivo.

Il signor Kádár divenne un'ombra fumosa, con le scarpe lucide e un puntino rosso di brace, come uno spillo incandescente.

# 3. Identità segreta

Il mio appartamento si trovava in uno dei palazzi dei Cortili Gozsdu, un complesso di undici edifici concatenati l'uno all'altro, che andava da via Király fino a via Dob.
Una specie di città dentro alla città, progettata piú di ottanta anni prima da un architetto pazzo, per conto di un pubblico funzionario.
Io abitavo in un appartamento nel quinto palazzo, appena sotto al tetto.
Corsi sulle rampe di scale come se fossi stato inseguito dai mostri. Ed ero cosí spaventato che potevo quasi sentirli, i mostri, farsi strada dietro di me, su per i gradini, con le loro zampette artigliate e le ali da pipistrello.
Su una cosa il signor Kádár aveva ragione: era davvero tardi.
La scala era buia e stretta, perché ci avevano rubato tutte le lampadine e dalle finestre sempre aperte entrava solo aria nera.
Da sotto le porte degli appartamenti filtravano suoni ovattati, voci basse e odore di patate.
I fumetti si muovevano compatti al ritmo della mia salita, dandomi energia. Procedevo a balzi, incurante del loro peso, nemmeno fossi stato l'incredibile Hulk.
Non mi ero aspettato di certo che il signor Francia Kiss mi regalasse cosí tanti fumetti, e pensavo che le cose si stavano facendo serie.

Potevo cominciare davvero a rafforzare il mio giro.
Ne avrei parlato al piú presto con Nikolai, con Bibo e Zio Szabó, ma non certo quella sera.
Tirai fuori le chiavi di casa.
– Sono tornato! – esclamai, sperando che potesse essere una buona notizia.
Mi rispose il corridoio vuoto.
La risata lontana di mio padre.
Buon segno, pensai.

Mi chiusi la porta alle spalle e raggiunsi la cucina, la prima delle nostre cinque stanze. Gli appartamenti del palazzo erano tutti uguali: stesse dimensioni, stesse camere, stessi mobili. Erano stati progettati e arredati da un alto funzionario del partito, che aveva scelto per sé l'appartamento piú bello dei Cortili, doveva viveva ancora con la sua famiglia.
– Ciao, – dissi, sbucando in cucina.
– Sándor, finalmente! – mi salutò mia mamma.
– Oh, guarda, nostro figlio, – commentò invece mio papà.
– Scusate il ritardo.
– Tua madre era preoccupata.
– Non me ne sono accorto, – sorrisi.
– Cambiati e vieni a tavola: è tutto pronto, – mi rispose mia mamma.
Era in piedi davanti ai fornelli, avvolta nel profumo della cena che aveva preparato per noi. Una donna minuta e fragile, con il viso bianco e gli occhi grandi. Si muoveva senza far rumore e parlava con un filo di voce, come se anche respirare le costasse fatica.

Allora non lo sapevo, ma era proprio cosí.

– Eri con quei tre perditempo? – sbottò mio padre.

– Non sono perditempo, papà.

– Ah no? E cosa sono? Scienziati famosi?

– Sono i miei amici.

– Begli amici che ti sei scelto.

Non replicai, ma guardai mia mamma. Lei scelse la via piú facile e si voltò a rimescolare un'ultima volta la zuppa.

– Il papà di Bibo è un professore di greco, – disse.

– Ah! – fece mio padre. – E il greco a cosa serve?

– Ha anche scritto dei libri.

– Libri! – mio padre si voltò di scatto verso di me. – L'unico libro che serva davvero a qualcosa è l'elenco del telefono! Non è vero, Sándor?

Gli sorrisi, ma quel tentativo di battuta mi colpí come una frustata. Mio padre aveva provato a essere complice con me, ma mai come in quel momento mi era sembrato distante e sconosciuto.

Non sapeva che io adoravo i libri. Che leggevo di nascosto i fumetti importati illegalmente. Che li spacciavo tra i miei amici. Che divoravo ogni storia mi capitasse tra le mani.

Non immaginava quanto fossi in disaccordo con lui. L'elenco del telefono, semmai, era il primo dei tanti elenchi di persone trasformate in numeri.

Anche se provai a fingere, lui se ne accorse. E, a modo suo, si vendicò.

– Ormai ti manca solo il berretto, – sbottò, grattandosi l'incavo della canottiera sotto alla collana d'oro. – E saresti un soldato perfetto.

– Vírag! – esclamò mia mamma, esasperata. – Non dirlo piú!
Lasciò che il mestolo cadesse dalla pentola.
Mio padre la fulminò con lo sguardo. – E perché non dovrei? Cosa c'è di male nell'essere un soldato? È una carriera come un'altra. Anzi: migliore di molte altre! Ho ancora degli amici, nell'Armata! Potrei... potrei fare qualcosa, che diavolo!
No, pensai. Non di nuovo!
Guardai la grande mano di mio padre sollevarsi in aria e poi piombare sul tavolo apparecchiato. Produsse un fragore inutile, e fece vibrare come dentiere tutti i nostri vecchi piatti.
La forza di mio padre, i suoi muscoli tatuati, la canottiera che indossava in casa come se fosse la divisa del suo pensionamento, erano uno spregio a ogni tentativo di essere dignitosi, anche se poveri.
Che bisogno c'era di dare un pugno sul tavolo?
Mi morsi il labbro, infastidito: l'uomo che chiamavo «padre» non era il mio vero padre, ma io mi sforzavo di accettarlo come tale. Quando mia mamma era rimasta vedova, e io ero molto piccolo, il Partito l'aveva costretta a risposarsi, per razionalizzare l'uso delle varie case. Ed era arrivato lui.
Mia mamma gli voleva bene, a modo suo, ma allora non immaginavo che i suoi continui sorrisi fossero come una ragnatela che la teneva sollevata, e imprigionata, a quella vita.
Anche se intuivo tutto preferivo perdermi nei miei fumetti e nelle storie che mi portavano lontano, perciò cercai di evitare l'ennesima discussione sul mio futuro. Corsi in camera, e mi chiusi ermeticamente le orecchie. Feci scattare la serratura speciale d'ottone, modificata grazie all'intervento di Zio Szabó, mi levai il giaccone e lo gettai sul letto. Poi sfilai i fu-

metti dall'imbottitura e resistetti al desiderio di sfogliarli subito tutti.

Erano davvero tanti.

Spinsi la sedia nell'angolo in cui il tetto spioveva e ci salii sopra. Con poche mosse ormai abituali scostai dal soffitto di legno un lungo asse identico agli altri, e rivelai la mia nicchia segreta.

Uno spazio ricavato appena sotto il tetto, asciutto e invisibile. Ci avevo nascosto dentro ogni cosa: il registro dei pagamenti; la scatola di cartone di una televisione Philips dentro cui avevo ordinato la collezione dei miei fumetti personali; il barattolo di conserva con i miei quattromilacentosessantacinque fiorini. Nascosi rapidamente i nuovi fumetti, rimisi a posto l'asse della mia cassaforte personale e tornai in cucina pronto a cenare.

– Ti sei lavato le mani? – mi domandò mamma.

Le guardai per la prima volta quel giorno.

Erano sporche di terra, con le mezzelune nere delle unghie che sembravano altrettante parentesi chiuse.

Piú tardi, quando smisi di raccogliere le tracce di gulasch piccante dal piatto, aiutai mamma a lavare le stoviglie. Papà guardava fuori dalla finestra, brontolando come un temporale. Aveva socchiuso il vetro, perché aveva dichiarato di voler fumare, ma era come se non trovasse il coraggio di accendersi una sigaretta. Attraverso quella fessura salivano le voci della radio, una musica sinfonica, lo sferragliare di una bicicletta che attraversava il cortile.

– Domani è il 12 aprile, – disse papà, guardando il cielo grigio. Il suo sguardo era troppo debole per bucare le nuvole, ma l'in-

tenzione era quella. Il 12 aprile era la festa nazionale dei Cosmonauti. Un'occasione speciale, per chi, come me, fantasticava ogni giorno di poter fuggire tra le stelle.
Lo sguardo verso l'alto di mio padre, quella sera, fu l'unico momento in cui fummo vicini. E fu anche uno degli ultimi.
Guardai mia mamma, le sue dita sotto l'acqua fredda.
– Finisco io, – le dissi.
Avrei voluto darle una carezza, ma avevo quindici anni ed ero convinto, da quindicenne, che gli eroi non davano e non ricevevano carezze. Gli eroi avevano compiti molto piú importanti: vendicarsi dei torti subiti, sconfiggere il crimine e difendere la città.
Fu un'occasione persa, ma allora non ci feci caso.
Un quarto d'ora dopo ero disteso nel letto, con una minuscola lucina accesa che illuminava le vignette dell'ultimo numero degli Inumani.
Leggevo tranquillo, inconsapevole di tutto quello che stava accadendo fuori dalla mia camera.
Avevo appiccicato al vetro della finestra il poster ritagliato di Batman, che proiettava sul pavimento la sua protettiva ombra di pipistrello, e pensavo che, con quello, sarei stato al sicuro da ogni altro male.

# 4. I Fantastici Quattro

– Allora? Come è andata? – mi domandò Nikolai, spalancando la porta di casa.

Il mio amico era piccolino, con due grossi occhiali tenuti insieme da un giro di nastro adesivo. Diede il suo solito colpo di tosse. Ce l'aveva da quando lo conoscevo e non l'avevo mai visto senza una sciarpa annodata intorno al collo o il fazzoletto tra le mani. Gliele guardai: erano sporche di pennarello. Stava disegnando.

– Vieni dentro, dài.

Nikolai aveva il viso rotondo, le guance piene e un accenno di pancetta, e nonostante questi particolari era l'amico piú spigoloso e acuto che avevo. Dietro a quelle spesse lenti d'occhialc i suoi occhi erano avidi e curiosi. E quando apriva bocca lo faceva solo per scoccare una battuta feroce, molesta come una zanzara.

Guardai con circospezione alle sue spalle.

– I miei non ci sono, – mi rassicurò lui.

E cosí entrai.

Nikolai era abituato a vivere da solo.

I suoi genitori viaggiavano molto per tutto il paese. Credo fossero dei politici importanti. Il risultato era che l'appartamento, del tutto identico al mio, era incredibilmente disordinato: montagne di vestiti gettati a terra, magliette stese ad asciugare nel corridoio, scatole di conserve impilate negli angoli, libri e registri d'ufficio sparpagliati sul pavimento. Lui, però, in quel caos ci si orientava alla perfezione.

Mi offrí una delle gassose che ci eravamo fabbricati in cantina usando una vecchia macchina a pressione che eravamo riusciti a riparare l'ultima estate, ma rifiutai. Erano venute troppo dolci e troppo gassate.

Nikolai aprí la sua con una mezza esplosione.

– Non tenermi sulle spine, ti prego! Non riesco ad aspettare gli altri, – mi confessò mentre io mi sedevo e appoggiavo lo zaino sul tavolo della cucina.

Lo avevo svuotato dei libri di scuola e ci avevo stipato i fumetti del giorno prima.

– Arriveranno.

Nikolai inforcò gli occhiali sul naso e guardò l'orologio appeso sopra al frigorifero.

– Sí, ma... sai come sono.

Sorrisi. – Io dico che possiamo aspettarli.

Nikolai sospirò. Bibo e Zio Szabó abitavano nel nostro stesso complesso di cortili, ma a volte impiegavano un'infinità di tempo a raggiungerci. Bibo aveva una sorella maggiore assolutamente bellissima e assolutamente intollerabile, mentre Zio Szabó lavorava nell'officina del padre, e a casa abitava con i nonni che lo costringevano a fare di tutto, prima di lasciarlo libero.

Nikolai trangugiò metà della nostra terribile gassosa, poi sbottò: – Dimmi solo se c'è un Thor.

– Non ho ancora controllato.

– Come hai fatto a non controllare?
– Guarda che sono tanti.
I suoi occhi cominciarono a bruciare.
– Tanti quanti?
Gli mimai il numero quattro con le dita.
E poi specificai: – Quaranta.
Gli occhi di Nikolai sembrarono per un istante diventare piú grandi degli occhiali stessi e il mio amico sciorinò una serie interminabile di parolacce appena imparate dalla strada, di cui andava molto fiero.
A sentirlo imprecare a quel modo mi venne da ridere, perché se solo ci fosse stato Zio Szabó, i due avrebbero cominciato a darsi manforte, in un crescendo imprevedibile, a caccia della Parolaccia Definitiva.
Al termine della sua personale ricerca, Nikolai disse: – Dài! Apri quello zaino!
– Abbiamo detto che aspettiamo gli altri.
– Sándor, ti prego! Non sto piú nella pelle! Tu li hai da un'intera giornata!
Gli feci dare solo una sbirciatina, ma fu un errore, perché Nikolai mi strappò lo zaino di mano.
Cominciò a tirare fuori tutti i fumetti e a dividerli in mucchietti, a seconda del genere.
Ogni mucchietto, una parolaccia.

Il primo a bussare fu Bibo.
Aveva la mia stessa età, ma era alto almeno il doppio di me.
Magrissimo, sempre vestito di nero, con un lungo naso indagatore che spuntava da un nido di capelli spinosi.

Avrei scommesso che da sotto quella matassa di riccioli non riuscisse a vedere niente del mondo circostante, eppure... individuò l'albo del Cavaliere Oscuro prima ancora di aver messo piede in cucina.
– Quello lo prenoto io.
– Al tempo, – lo stoppai. – Cosa mi dai in cambio?
Bibo si sedette. Ogni amico aveva un posto preciso nella nostra personale gerarchia, e ogni posto conferiva precisi diritti. Bibo aveva lottato negli ultimi mesi per affermare il suo diritto di leggere i fumetti di Batman prima di tutti gli altri.
– Ti posso ridare un Vendicatori, – mi rispose, dopo una rapida consultazione con se stesso.
– Due per uno, – gli ricordai. – Oppure facciamo uno scambio alla pari, ma tra una settimana mi restituisci Batman. E se lo rovini, il Vendicatori lo tengo io.
– Che diavolo, Sándor, – sbottò lui. – Stai diventando un ladro. Tra poco dovrò chiamarti Nikolai.
– Attento a come parli! – sbottò il mio amico, che non sopportava di passare per spilorcio. Ma lo era davvero.
Bibo afferrò al volo la mezza bottiglia di gassosa rimasta e ne prese una sorsata.
– Sono le nostre regole, Bibo, – gli ricordai. – Io porto i fumetti. Voi scegliete per primi. E li pagate la metà degli altri.
– Facciamo che me lo lasci un giorno, – mi propose lui. – Lo leggo in un giorno e te lo riporto domani. Nessuno scambio. Se lo rovino, lo pago nuovo.
– Okay, – accettai, allungandogli il fumetto.
Nikolai controllò qualcosa sul mio registro degli ordini.

– I Vendicatori, hai detto? – domandò tenendo l'indice della mano sopra una riga. – Che numeri hai?
Bibo ci pensò un po' su, prima di rispondere. Ne aveva quattro.
– Potremmo proporli a Beren Botos, – mormorò Nikolai. – Se non sbaglio, li stava proprio cercando.
Bibo annuí, ma in realtà era già assente, perché stava sfogliando il suo fumetto nuovo.
– Per me va bene, – disse Zio Szabó.
– Ogni tre piazzati, uno è in regalo per voi, – feci presente.
– Ce li porti? – domandò Nikolai.
Lui si strinse nelle spalle. – A quanto vuoi venderglieli?
– Almeno a duecento fiorini.
– Tutti e cinque?
– L'uno.
Bibo si staccò dal fumetto, improvvisamente interessato. – Ah, – disse. – Vado a prenderli subito, se volete. Li ho nascosti fuori dalla finestra del bagno –. Poi sollevò il Cavaliere Oscuro. – Ma questo diventa ufficialmente mio.

Era in questo modo che organizzavo gli affari.
I miei amici avevano degli amici e i loro amici ne avevano degli altri. Tutti volevano leggere un fumetto, ma non tutti potevano permetterselo. La maggior parte delle trattative procedeva a scambi, e i fumetti uscivano e rientravano nelle nostre collezioni. Io avevo messo da parte un certo gruzzoletto, ma era sicuramente Nikolai il piú abile a vendere.
Questo Beren Botos che aveva appena citato, per esempio, non sapevo minimamente chi fosse. Come sempre me ne preoccupai, perché la nostra attività si basava sulla fiducia, sul passa-

parola: ognuno degli amici conosceva una piccola parte della nostra struttura, e nessuno di loro, tranne noi quattro, sapeva chi organizzava tutto. Nikolai, Bibo e Zio Szabó controllavano in modo indipendente la loro porzione di contatti, e gestivano ordini, scambi e richieste, senza dover chiedere a me. A volte, poi, capitavano scambi particolarmente vantaggiosi, o arrivava un nuovo fumetto in modo inaspettato, magari grazie a un parente che aveva fatto un viaggio all'estero... e allora si facevano conti nuovi e si decideva una strategia comune.

Zio Szabó si presentò con quasi un'ora di ritardo, bussando quando Bibo era già andato e tornato da casa, con i suoi quattro fumetti dei Vendicatori.

– Grandi notizie, – esordí.

Zio Szabó era il piú anziano del gruppo, forse aveva un paio di anni piú di me, e non perdeva occasione per farcelo notare. Era per quello che lo chiamavamo lo Zio. Non aveva mai letto un libro in vita sua, ma amava i fumetti e spesso li capiva meglio di noi. Era quasi sempre lui che riusciva a interpretare una serie di vignette o di frasi in inglese che a noi risultavano incomprensibili.

Ci forniva la sua versione, la versione di Szabó, e regolarmente concludeva: «Adesso è chiaro, conigli? È cosí e basta».

Gli piaceva chiamarci «conigli».

Lavorava nell'officina del padre e a forza di stringere e allentare bulloni, a differenza di tutti noi, si era fatto crescere i muscoli. Ce li mostrò, sotto a una maglietta di una taglia piú piccola della sua.

– Che novità, Zio? – lo apostrofai, seduto sul davanzale della finestra.

Zio Szabó aveva imparato a pettinarsi guardando i film americani, e teneva i capelli lucidi di gel. I suoi stivali sbatterono sul pavimento.

– Soldi freschi, – disse.

Poi vide la montagna di fumetti nuovi sul tavolo della cucina e fischiò. – Ma forse non servono. Abbiamo già svaligiato una banca?

Gettò sul tavolo un mezzo pacchetto di sigarette e poi se ne accese una sul fornello del gas. La passò a Nikolai, che cominciò a tossire ancora prima di dare una boccata.

– Zio? – insistetti.

Anche Bibo si accese una sigaretta. La fumava con classe, da adulto consumato. Nikolai, invece, mi fece scostare dal davanzale, perché per fumare in casa dovevamo prima far corrente, per far uscire il fumo.

Io non fumavo.

– È passato Tildy dall'officina, – rispose Zio Szabó, sfogliando i fumetti che gli erano piú vicini. – E mi ha chiesto se ho qualcosa per lui.

Nikolai tossí.

– Oh, cavolo, – disse Bibo, poi girò il naso verso di me. Mi stava guardando per avere la mia opinione.

– Tildy è uno a posto, – dissi.

– E ha un sacco di soldi, – ci ricordò Nikolai, prima di tossire di nuovo.

Zio Szabó confermò: – A giudicare dalla macchina che ci ha portato a riparare, direi proprio di sí.

– Che macchina è? – gli domandammo praticamente in coro.
– Mer-ce-des, – sillabò lui.
Wow.
Nikolai imprecò per bene.
Quella sí che era una macchina.
Bibo fu l'unico a scuotere il capo. – Secondo me rischiamo. Tildy è troppo grande, per noi. Ci può sfuggire di mano.
Zio Szabó sollevò distrattamente la sigaretta, come per dire: «Affari vostri. Io ve l'ho detto».
– E, poi, se suo padre è davvero un pezzo grosso, può procurarsi i fumetti in mille altri modi, – insistette Bibo.
Sollevai un sopracciglio, poco convinto. – C'è qualcosa che devi dirci, su Tildy?
Da sotto i capelli di Bibo sbucò un occhio che mi fissava. – No. Semplicemente che non mi piace. È uno che parla troppo.
– Già! – disse Nikolai allo Zio. – Come l'ha saputo, del gruppo?
– Non gliel'ho chiesto. E non gli ho risposto. Ma... me l'ha buttata lí con troppa precisione. Mi ha chiesto se ho mai letto un fumetto che si chiama Sandman...
– Ci puoi scommettere, che l'abbiamo letto! – sbottò Nikolai.
– E mi ha detto che lui farebbe qualsiasi cosa, per leggerlo.
Zio Szabó si prese una boccata, poi concluse: – Chi vuol capire, capisca.
Bibo disse: – Qualcuno deve aver spifferato.
– Magari tua sorella, – buttò lí Zio Szabó.
– Lascia perdere mia sorella.
– Lo sai che tanto ci sposeremo, – ribadí lo Zio.

Era una loro vecchia questione. Zio Szabó aveva un debole per la sorella di Bibo, come praticamente tutti i ragazzi dei Cortili, e Bibo cercava sempre di parlare d'altro.

Nikolai era seduto sul mobile della cucina, con i piedi sulla sedia e il registro degli ordini sulle ginocchia. – Sandman no... ma... potremmo rifilargli i quattro album di Spider-Man che ci sono appena arrivati.

Lo guardai.

– Che ti sono appena arrivati, – si corresse Nikolai.

– Non vi interessa scoprire chi può aver spifferato la cosa a Tildy? – gli ricordò Bibo.

– No. Cosa ce ne facciamo a saperlo?

– Dobbiamo stare attenti a come girano le voci...

– Dobbiamo stare attenti a non farci beccare... – tagliò corto il mio amico. – E chi vuole i fumetti non ha nessuna intenzione di farci beccare. Altrimenti... addio fumetti per tutti. La nostra rete è la nostra unica garanzia, ragazzi.

Bibo non sembrava molto convinto della cosa, ma si tirò indietro dalla discussione, tornando al suo Cavaliere Oscuro.

– Allora? Ci state a vendere a Tildy, per un sacco di soldi, i quattro Spider-Man che sono lí?

– Quanto gli chiedo? – domandò Zio Szabó.

– Niente, – gli risposi. – Quei quattro fumetti lí sono per Lajos.

– Lajos! – sbuffò Nikolai. – E chi se ne frega! Possiamo venderli a Tildy al doppio del loro prezzo. Al triplo!

Bibo scosse il capo o, piú che altro, i capelli.

– Sono di Lajos, – insistetti. – Gli abbiamo dato la nostra parola.

– Ma stiamo parlando di *quel* Lajos! – squittí allora Nikolai, con voce supplichevole.
Quel Lajos era un mio compagno di scuola, probabilmente il piú odioso e viscido di tutti.
– Potreste dirgli che non sono arrivati... – disse Zio Szabó.
– È vero! Se tanto poi vendiamo i fumetti a Tildy, non lo saprà mai! – lo appoggiò Nikolai.
– Ma noi sí, – risposi io, chiudendo definitivamente la conversazione.
Eravamo spacciatori di fumetti, sí.
Ma avevamo ancora il nostro codice morale.

## 5. Druuna

Il resto della giornata filò via rapidamente: facemmo la lista dei fumetti da consegnare, di cosa dovevamo ottenere in cambio, ci spartimmo gli eventuali guadagni e ognuno di noi prese in consegna i fumetti di cui doveva occuparsi.

Ognuno di noi aveva il suo modo e i suoi luoghi in cui nascondere i fumetti, e avevamo deciso di non confidarcelo, per essere tutti piú sicuri.

Mi fidavo di loro, e loro si fidavano di me.

Non era forse questa, la ragione segreta dell'amicizia?

La nostra ultima trattativa fu divertente, falsamente estenuante, fu come tutte le altre volte, solo piú accesa, e particolarmente viva. O forse è solo la mia memoria, che me la fa ricordare cosí.

In quel pomeriggio del 12 aprile, mentre per le strade si festeggiava la giornata nazionale dei Cosmonauti, in casa di Nikolai c'era un'atmosfera da pirati subito dopo un abbordaggio. Dovevamo spartirci un tesoro inaspettato.

Ricapitolammo il tutto, mandando a memoria le consegne del giorno dopo per non doverle scrivere da nessuna parte, e, quando tutto sembrò terminato e gli altri si alzarono dalle sedie, li sorpresi con un colpo da novanta.

– C'è ancora una cosa, di cui non vi ho parlato... – dissi, attirandoli tutti su di me.

Con lentezza studiata, tirai fuori dallo zaino un ultimo fumetto, che avevo avvolto in un asciugamano.
Lo svolsi nel centro del tavolo e i miei amici si chinarono a guardarlo, come salici piangenti.
Bibo si scostò per la prima volta i capelli dagli occhi.
– E questo da dove salta fuori? – mi domandò Nikolai.
– Ma è nuda? – si domandò Zio Szabó, davanti alla copertina.
Poi lo afferrò. – Diavolo, Sándor. Questa roba scotta.
Gli altri due si disposero alle sue spalle come guardie del corpo, solo che il corpo che intendevano sorvegliare era disegnato su carta, lí, davanti a loro.
Rimasi seduto sul davanzale, a godermi la scena.
Potevo quasi seguire la successione delle vignette con lo spalancarsi e chiudersi dei loro occhi e con le frasi smozzicate che dicevano di tanto in tanto.
– Ma...
– Ehi!
– Ra-gaz-zi!
– Lo vedete anche voi quello che vedo io?
– Guarda che roba!
– Mamma mia. Mamma mia santissima!
Il bello, naturalmente, doveva ancora venire. Zio Szabó fece scorrere rapidamente le ultime pagine.
– Ma...
– Noooo...
– Diavolo!
– Io non lo sapevo che le ragazze potessero fare una cosa simile!
– E infatti non possono! – sbottò Zio Szabó. – Questa è una super-ragazza!

– E qui? Qui? QUI?
Si divorarono letteralmente le ultime pagine, poi mi guardarono.
Nei loro occhi, come nei miei, c'era un misto confuso di immaginazione e realtà, dai confini indefiniti e ancora privi di appigli. I nostri erano gli anni in cui il mondo comincia a bussare alla porta, chiedendoti se sei pronto a uscire, e quanto sei disposto a camminare.
Noi eravamo dispostissimi a farlo, ma avevamo bisogno di compagni di strada. Di qualcuno che ci spiegasse che cosa c'era là davanti. O almeno che ci indicasse qualche scorciatoia.
Fino a quel giorno avevamo scelto come compagni gli eroi di contrabbando di cui ogni sera leggevamo le storie, ma qualcosa in fondo al nostro cuore cominciava a mettere in dubbio la nostra scelta.
Avevamo paura di scoprire di esserci affidati a eroi immaginari. E chi di noi aveva piú paura, come Nikolai, era anche quello meno disposto a cedere il passo agli anni che avanzavano.
I nostri supereroi erano sempre al nostro fianco, solidi e squadrati, e se ne stavano lí, come le sentinelle della nostra fantasia, a segnare il passo. Ma non era tutto: c'era qualcos'altro che cominciava a scricchiolare e che quell'ultimo fumetto metteva chiaramente alla luce del giorno.
Io avevo sempre sognato di essere come Freccia Nera, il re degli Inumani, ma covavo anche una passione segreta per Tempesta; Nikolai adorava Thor, il Dio del tuono dal martello fatato, Mjolnir, ma pretendeva anche di essere come la Donna Invisibile dei Fantastici Quattro (quelli disegnati da

Jack Kirby); Bibo cercava di imitare il costume nero di Batman, ma aveva piú che altro un debole per Catwoman; e Zio Szabó, infine, che non aveva mai rinnegato Capitan America, da qualche tempo si era accorto che la figlia del signor Krauzer, alla pizzicheria dell'angolo, aveva gli stessi occhi dell'Elektra disegnata da Miller.

Il problema erano, in estrema sintesi, le ragazze.

E le ragazze erano un problema perché stavamo crescendo. E crescendo, io credo, eravamo dispostissimi a rinunciare all'idea di essere sottoposti alle radiazioni gamma e diventare forti come Hulk, ma non al sogno di incontrare un giorno nella nostra vita una ragazza con uno di quei costumini da supereroina.

La protagonista del fumetto che avevo tenuto per ultimo nello zaino, la ricordo ancora oggi come se la stessi sfogliando davanti ai miei occhi.

I ragazzi lo rimisero sul tavolo, esattamente sopra all'asciugamano.

– Chi lo vuole? – domandai a quel punto, perfidamente.

I miei amici si scambiarono un'occhiata che mi sembrò un incrocio di spade.

Fecero letteralmente scintille.

Poi Bibo ci sorprese tutti e disse: – Io ho un'idea pazzesca, per questo fumetto.

## 6. Nel giorno piú splendente, nella notte piú profonda...

Il giorno dopo era giorno di consegne.
Andai per primo da Gabor, l'insegnante di pianoforte che viveva nei Cortili. Lui mi aspettava, naturalmente, sulla soglia di un appartamento identico al mio.
– Ciao, Sándor, accomodati.
– Maestro...
Sapevo che gli piaceva essere chiamato cosí.
Entrai, e, come in tutte le altre occasioni in cui mi trovavo da lui, mi sorpresi per il senso di tensione che percepivo in quella casa. Era come se, oltre al Maestro Gabor e ai suoi studenti, ci fossero altre presenze, nascoste nell'arredamento.
L'appartamento del Maestro di pianoforte era ricolmo di quadri e di pizzi: pizzi bianchi, traforati, appesi ovunque, alle pareti, alle finestre, appoggiati sui tavoli, sulle credenze, sotto i bicchieri. Bastava camminare nella stanza per sentirsi sfiorare dai pizzi come da dita di fantasmi.
– Guardi cosa le ho trovato! – esordii, mostrandogli il nuovo numero di Crisi sulle Terre infinite. Mi fermai accanto al tavolo rotondo della sala da pranzo, e l'appoggiai sul pizzo bianco che lo decorava.
Il signor Gabor si passò una mano sulle labbra, sussurrando:
– Fantastico. Sei un grande...
Gli mancavano il mignolo e l'indice della mano sinistra, e per

quel motivo il Maestro aveva smesso di fare concerti e cercava di sopravvivere dando lezioni private. Ogni volta che gli si domandava come avesse fatto a perdere quelle due dita, il Maestro dava una risposta diversa: un incidente di pesca sul lago Balaton; una caduta dalla moto oppure l'ultimo trasloco del pianoforte a coda, che gli era caduto sulla mano, schiacciandola. Insomma: era uno dei tanti misteri dei nostri Cortili.

Mi domandò quanto mi era costato e gli risposi, con una punta di vigliaccheria, perché in realtà io l'avevo avuto gratis dal signor Mikla Francia Kiss.

– Va bene. Te li vado a prendere, – annuí il Maestro Gabor. – Un attimo solo.

Prese il fumetto dal tavolo, se lo nascose sotto alla giacca e sparí nella stanza vicina. Attraverso la porta socchiusa vidi l'ombra del grande pianoforte a coda, nero e lucido, con il coperchio spalancato come la bocca di una balena.

Gabor confabulò un istante con la persona che si trovava nell'altra stanza. Mi spostai per cercare di vederla, e intravidi una giovane ragazza, le mani appoggiate sui tasti d'avorio. Sentii tintinnare alcune monete e intuii che il Maestro si era appena fatto pagare in anticipo la lezione.

Il signor Gabor ritornò da me con i fiorini luccicanti nel palmo della mano e li fece scivolare nella mia.

– Ecco qui, Sándor. E grazie!

Li nascosi in tasca, veloce, con il cuore stretto e uno strano rimescolio nello stomaco, come se glieli avessi appena rubati. Cercai di non farci caso, pensai alla mia riserva di fiorini nella scatola di conserve di camera mia e lo salutai.

– Grazie a lei, Maestro. Ci vediamo il mese prossimo.

Mi accompagnò alla porta, con il suo solito, indecifrabile sorriso.
Sui gradini, ripidi come quelli di casa mia, sentii le dolci scale del pianoforte suonato dalla ragazza, che salivano e scendevano, salivano e scendevano, come onde.

Mi piaceva portare i fumetti ad Agota.
Era una ragazza bellissima, senza età, che viveva due cortili piú in là del mio. Era molto strana. E molto affascinante.
Allora, naturalmente, non capivo esattamente che cosa ci fosse di strano in lei e da dove venisse quel fascino cosí conturbante. Viveva da sola, e non riuscivo a capire come mai una ragazza cosí bella non si fosse mai sposata. A volte, quando le portavo i fumetti, mi accorgevo che non era sola, in casa, ma non mi presentò mai nessuno dei suoi amici, o delle sue amiche. A volte c'era odore di sigaro. Altre volte odori a cui non sapevo dare un nome, ma che non mi piacevano. A volte Agota era molto stanca e mi apriva appena la porta, prendeva i fumetti e mi pagava lasciandomi fuori, sul pianerottolo. Altre volte, invece, mi faceva entrare, mi offriva un tè caldo e mi chiedeva: «Vuoi ascoltare qualcosa di bellissimo?»
Aveva una piccola collezione di dischi in vinile, grandi e neri, impacchettati in confezioni di cartone che si era fatta lei. Il suo canante preferito si chiamava Matt Bianco, e l'album era intitolato *Yeh, Yeh*, ma le piacevano anche gli Edda 6, e un signore chiamato Jimi Hendrix.
Io ascoltavo volentieri anche se non riuscivo a perdermi completamente nella musica, come mi diceva di fare lei, perché un po' mi spaventava.

Ascoltavamo gli LP sempre con le finestre chiuse, e al buio, perché secondo Agota la musica era piú potente, in una stanza con le pareti tappezzate di contenitori delle uova. Mi aveva spiegato che servivano ad attutire il rumore, e cosí non disturbava i vicini.
Era sempre molto attenta a non disturbare i vicini.
Era davvero una ragazza strana. Amava i fumetti in cui c'era Elektra, la ragazza assassina, ma in genere le portavo tutti i fumetti in cui c'era una ragazza come protagonista. A noi, quelli, anche se stavamo crescendo, non piacevano tanto.
– Lo sai, – mi disse una volta Agota, – che praticamente non ci sono disegnatrici di fumetti donne?
Non ci avevo mai fatto caso, e non sapevo nemmeno se era una notizia vera. Ma le credetti, perché Agota era sempre molto informata su quel genere di cose.
Suonai alla sua porta, due volte, prima che venisse ad aprirmi.
Le sorrisi.
Indossava una lunga camicia bianca e aveva gli occhi truccati di fresco. Da dentro la sua casa buia, e chiusa ermeticamente, proveniva una musica bassa e molto dolce.
– Ciao, – le dissi.
– Ehi, Sándor... – mi salutò lei. – Vuoi sentire qualcosa di bellissimo?
Ero stato fortunato: era una di quelle giornate buone.

Terminai il mio giro e tornai dagli altri.
Mi rigiravo tra le mani le banconote con cui Agota mi aveva pagato: avevano sopra tante minuscole goccioline di cera, che potevo sentire passandoci sopra le dita.

Raggiunsi il cimitero delle statue, e ci entrai.
Non era il suo vero nome, naturalmente, ma era cosí che lo chiamavamo. Era un cantiere abbandonato, a metà strada tra Buda e Pest, le città sui due lati del fiume. Nel passare sotto alle arcate del ponte dei Leoni, guardai il Palazzo reale che dominava la riva opposta del fiume. Superai i pescatori, con le loro canne piegate sul fiume e, tenendo il Danubio alla mia destra, proseguii fino alle recinzioni.
Poco piú in là, subito dopo le prime grate, c'era un passaggio in cui mi infilai.
Zio Szabó era già arrivato, e sedeva a gambe incrociate sopra il busto di una statua mezza sepolta dal fango. Ne potevo riconoscere il braccio sollevato e una parte della corona, ma non avevo idea di quale re fosse. Giaceva nelle fondamenta insieme a un'altra decina di monumenti simili, che affioravano qua e là tra i pali e le colonne del cantiere.
Raggiunsi il mio amico e mi sedetti accanto a lui, domandandogli come fosse andata la consegna.
– Bene, direi, – rispose Zio Szabó.
Mi allungò un pugno di banconote, da cui tolsi quelle che gli spettavano, e infilai in tasca le rimanenti. Zio Szabó doveva tornare in officina, ma accettò di tenermi compagnia fino all'arrivo degli altri.
Nikolai aveva un sorriso grande come una casa.
– Grandi notizie! – esultò.
– Spara.
Si issò sulle spalle del re sepolto nel fango e ci comunicò di avere appena scambiato i primi sei numeri di Lanterna Verde con una bicicletta.

– È un affare, credetemi! – esclamò. – Una vera bicicletta. Telaio seminuovo, catena a triplo cambio, freni a tamburo davanti e dietro e un campanello che sembra una tromba!
Una bicicletta? pensai.
– E dov'è? – gli domandai.
– Vado a prenderla domani dal rigattiere, – mi spiegò lui, tutto fiero. – È rossa. Una bicicletta rosso fuoco. E ne ha un'altra ancora piú bella, che però non scambia. Dovreste vederla: una bomba!
– Ma tu gli hai già dato i Lanterna Verde? – domandò Zio Szabó.
Nikolai gli diede un pugno sulla schiena. – Per chi mi hai preso? – esclamò. – Ho forse scritto «idiota» sulla fronte?
– Glieli hai dati o no?
– Gliene ho lasciati cinque, – rispose Nikolai. Ci sventolò sotto il naso il fumetto superstite. – E mi sono tenuto l'ultimo. Senza questo, non sa come va a finire.
– Spera che voglia saperlo, – ridacchiò Zio Szabó. – Altrimenti hai appena scambiato cinque fumetti per niente.
Lui lo ignorò, concentrandosi su di me. – È fantastica, Sándor! C'è anche un meccanismo sulla catena per chiuderla a chiave, cosí non te la rubano.
Era davvero felice, notai. E fui felice per lui. Io non avevo mai avuto una bicicletta che fosse mia, e non mi ricordavo nemmeno l'ultima volta che c'ero salito sopra. Ma mi immaginai a sferragliare per tutte le strade di Budapest, dal Castello alla piazza degli Eroi, dal mercato coperto all'Opera, dal Bastione dei Pescatori al parco Petöfi, con le sue piscine di acqua fumante.

– Me la lascerai usare? – domandai.

– Ma certo! – trasecolò Nikolai. – È una bicicletta di tutti: mia, tua, di Zio Szabó, di Bibo!

Una bicicletta in quattro. Solo Nikolai poteva pensare che fosse un buon affare.

– Ed è solo l'inizio! – continuò lui. – Se la teniamo bene, e ne prendiamo una seconda, e poi una terza...

Bum!

Cosa potevamo farci, con tre biciclette?

Rivenderle?

Scambiarle per qualcosa di meglio?

Tre biciclette per un motorino?

Fantasticammo su una catena di scambi senza limiti, che da lí a pochi mesi ci avrebbe permesso di abitare in una villa sul Balaton, fino a quando non arrivò Bibo, che ci zittí.

Il giorno prima, Bibo aveva avuto un'idea pazzesca. E ora doveva raccontarci com'era andata.

Lo guardammo avanzare attraverso il reticolato del cantiere, in silenzio, cercando di capirlo dalla sua andatura: strascicava i piedi.

– Allora, genio? – lo apostrofò Zio Szabó.

Io tirai su con il naso. Avevo scordato la sciarpa anche quel giorno. Nikolai tossí, e si sistemò sul naso gli occhiali riparati con il nastro adesivo.

Bibo esordí con una smorfia. – Meglio dirvela subito.

– Okay. Lascia perdere –. Zio Szabó sollevò entrambe le mani. – Io devo tornare in officina.

Bibo non disse niente.

– Il fumetto è andato, ragazzi, ma... diavolo!

Bibo cominciò a scuotere la testa.
Niente scambio. Niente idea pazzesca. Andato e basta.
– L'amico di mia sorella era davvero un bastardo grande e grosso... – continuò Bibo, mogio mogio. – Una montagna di muscoli... Mi ha fatto paura.
– Lo sapevo che non dovevo lasciarti andare da solo! – sbottò Zio Szabó, fingendo di nuovo di andarsene. – Non ti preoccupare, coniglio. Sono cose che capitano.
– Ma non cosí, ragazzi. Credetemi. Non cosí, – disse ancora Bibo.
Lo guardammo, indecisi su come continuare.
– Ti ha picchiato?
– Ti sei messo nei guai, Bibo?
– Ti hanno scoperto i poliziotti?
– Hai parlato di noi?
A tutte le domande che gli facevamo, Bibo scuoteva la testa, esasperandoci.
– Vuoi essere chiaro, maledizione? – sbottammo, alla fine.
– Vuoi dirci una volta per tutte come è andata?
Solo allora, e perfidamente, Bibo sorrise. – È andata che mi sono presentato dall'amico di mia sorella... Il buttafuori del Caffè degli Artisti... Una montagna di muscoli... e zero cervello, ragazzi –. Ci fece il segno dello zero con le mani. – E gli ho fatto vedere il nostro fumetto.
Annuimmo. Fin lí era esattamente la sua idea, esattamente come ce l'aveva esposta lui.
– E lui cosa ti ha detto?
– Ha preso il fumetto, l'ha guardato, l'ha sfogliato, e mi ha chiesto cosa volevo in cambio.

– E tu?
– Gli ho risposto che volevamo entrare nel locale.
– E lui?
– Mi ha chiesto se eravamo maggiorenni.
– E tu?
– Gli ho detto: «Guardami. Secondo te sono maggiorenne?»
– E lui?
– È scoppiato a ridere.
Battei il pugno contro il palmo della mano. – Era troppo bella! – esclamai.
– Te l'ho detto che dovevo venire con te, – recitò Nikolai, gonfiando il petto per farci ridere.
Anche Zio Szabó sospirò. – No: dovevo venire io. Oppure dovevi farti crescere di piú quei due peli di barba che ti ritrovi...
Bibo si accarezzò la peluria ispida che gli decorava la punta del mento. – Allora io gli ho chiesto di restituirmi il fumetto... e lui, invece...
– Se l'è tenuto! – esclamò Zio Szabó.
– No... – sussurrò Bibo. – Mi ha chiesto se siamo capaci di starcene buoni buoni, in silenzio, per tutta la serata.
– Io so diventare invisibile, – rispose Nikolai.
Ed era vero: a volte si esercitava a diventare invisibile, rimanendo per ore, immobile, in un'ombra delle scale, o nel vano di un cortile, fino a quando qualcuno dei palazzi non gli domandava, impietosito: – Nikolai? Ma che ci fai, lí dietro?
– Buoni buoni? – ripeté Zio Szabó.
– Cosa significa buoni buoni? – domandai io.
Bibo si portò l'indice della mano destra al naso, nel gesto universale del fare silenzio e ce lo spiegò: – Significa che se gli

giuriamo che ce ne stiamo in un angolo a guardare, senza che nessuno dei clienti ci veda, ci farà entrare dalla porta di servizio e potremo restare là quanto vogliamo.

– No!

– Stai scherzando.

– Giura che l'ha detto davvero.

Non osavo credergli. Nessuno di noi osava farlo.

– Lo giuro su Rubik, – rispose Bibo.

– Anche su Tenkes? – lo stuzzicò Nikolai.

Rubik era un nostro connazionale che era diventato miliardario inventando un cubo rompicapo, mentre il Capitano Tenkes era il personaggio piú popolare della televisione, insieme a Jurij Gagarin (che era stato il primo uomo ad andare nello spazio).

– Lo giuro sul diavolo, ragazzi. È per venerdí sera. *Questo* venerdí.

Ci guardammo. Bibo non stava scherzando. Era davvero riuscito a scambiare quel fumetto con la protagonista mezza nuda con quattro biglietti per il Caffè degli Artisti, il locale piú alla moda, e proibito, della città.

– Per la miseria, – disse Zio Szabó.

E poi lo ripeté almeno altre venti volte, schizzando fuori dal cantiere come un animale impazzito.

## 7. Ingresso libero

Venerdí sera, *quel* venerdí sera, passai per prima cosa a chiamare Nikolai. Avevo raccontato ai miei genitori che avrei dormito a casa del mio amico e non era stato facile convincerli a lasciarmi uscire.

Che senso aveva andare a dormire qualche appartamento piú in là? E per quale motivo, poi?

– Dobbiamo fare una ricerca, – avevo mentito.

– E la farete durante la notte?

Non sapevo bene cosa rispondere. L'impalcatura della mia scusa era diventata all'improvviso fragile, e sarebbe crollata se la mamma non fosse intervenuta in mio soccorso: – Lascialo andare, Vírag. Se vogliono stare svegli tutta la notte a fare la ricerca, che c'è di male? Se lo fanno da Nikolai, almeno non ci sveglieranno.

Mio padre aveva ribattuto, ma alla fine si era lasciato convincere. Non poteva sopportare l'idea di essere svegliato durante la notte, dato che soffriva di una forma acuta di insonnia e passava gran parte della notte a guardare la Philips in bianco e nero, o a girare la manopola della radio per captare una qualche trasmissione in russo. Da quando era in pensione stava dimenticando la lingua, diceva, ma a parte cercare stazioni radio non faceva nulla per impedirlo.

Rimasi d'accordo che Nikolai e io saremmo scesi per la colazione e andai di corsa a bussare alla porta del mio amico.
– Entra! – mi invitò Nikolai.
La porta era socchiusa e, come sempre, in casa sua non c'era nessuno. Nemmeno Nikolai.
– Nikolai? – domandai al corridoio deserto.
Nessuna risposta.
– Per il diavolo, Nikolai! Non adesso! – sbottai.
Capii all'istante che mi stava di nuovo mettendo alla prova con quella storia dell'invisibilità.
– Vieni subito fuori! – gridai, aprendo di scatto gli armadi della cucina, perché di solito si nascondeva lí. – Faremo tardi!
Non lo trovavo per niente divertente. Ma in cucina non c'era, a meno che non avesse deciso di nascondersi dentro al frigorifero del tutto identico al mio. Passai alla sala degli ospiti. Il divano era ancora avvolto nell'imballaggio di plastica originale, e crepitava sotto le dita. Ma Nikolai non si era nascosto lí dietro.
Il bagno era una giungla di asciugamani lisi, abbandonati in mucchi simili a termitai. Li scostai con una pedata, e niente. Il mio amico invisibile non era neanche lí.
Cosí entrai in camera sua.
Nikolai si era costruito un rudimentale tavolo da lavoro appena sotto alla finestra, riutilizzando un paio di cavalletti e le assi di un bancale che avevamo rubato al mercato coperto. Aveva ammonticchiato sul tavolo scatole e scatole di colori, tempere, pennarelli, matite, gomme e fogli da disegno. Appesi con le puntine da disegno c'erano poi altri fogli coperti di schizzi, abbozzi, ritratti e prove di colore. In mezzo al ta-

volo, proprio sotto alla pozza di luce che proveniva dai Cortili, c'era una grande scatola di pelle nera, con gli angoli rovinati e un foglio a quadretti, tenuto fermo da quattro pezzi di nastro adesivo, che diceva: *IL GRANDE PROGETTO - NON APRIRE*.
La aprii.
Non passò un secondo che mi sentii pungere all'altezza dei reni da qualcosa di terribilmente appuntito.
– Non dovevi farlo, amico, – sibilò la voce di Nikolai, apparso dal nulla alle mie spalle.
Impiegai un paio di secondi a rendermi conto che Nikolai mi aveva appena infilzato con la punta di un compasso.
– Ma sei impazzito? – gli urlai, esterrefatto. Cercai di colpirlo con uno schiaffo. – Mi hai fatto male!
Nikolai sollevò il compasso come se fosse stata una spada sacra e me lo sventolò sotto il viso. – Non dovevi aprire quella scatola!
– Dannato cretino! – esclamai. Controllai il puntino rosso sulla mia pelle, sollevando il maglione. – Guarda! Esce il sangue! Mi ha bucato!
– Non si può sfuggire alla punizione del signore...
Non gli lasciai il tempo di finire quell'ennesima stupidaggine e mi azzuffai con lui.
Rotolammo a terra con le mani annodate, lottando con tutte le nostre forze: prese, scivolate, spintoni, ci era tutto consentito, e lo facevamo spesso. Non ci eravamo mai fatti davvero male: la nostra era solo una finta lotta crudele, ma in realtà era una simulazione, un tentativo di scoprire di che cosa il nostro corpo fosse capace.

Ci afferrammo con violenza, stritolandoci l'uno contro l'altro. E ben presto ebbi la meglio su di lui.

– Diventa invisibile, adesso! – lo minacciai stringendolo con le ginocchia in una presa mortale.

– Tu... non sai... cosa... stai... facendo...!

In qualche modo Nikolai si divincolò, sfuggí alla mia presa, mi sbilanciò e, con uno scatto di reni, mi mise sotto.

Aveva la faccia rossa per lo sforzo, e senza gli occhiali, che erano rotolati chissà dove, i suoi occhi sembravano quasi invisibili.

Lo sapevamo entrambi che io ero piú forte, e che avrei potuto di nuovo ribaltarlo e imprigionarlo, ma non lo feci. Rimasi a subire le sue minacce, e a fingermi spaventato, mentre entrambi riprendevamo fiato, Nikolai molto piú lentamente di me.

– Hai del succo di frutta? – gli domandai, quando ebbe finito di terrorizzarmi.

Poi uscimmo.

Le scale erano ripide, buie e deserte. Mi accertai che non ci fosse nessuno e uscimmo nel cortile. Lanciai uno sguardo verso le mie finestre, temendo di vedere la sagoma di mio padre e ci allontanammo, a piedi, in direzione di via Dob.

– Il Maestro sta suonando, – osservai, nell'ultimo cortile. Sentivo note melanconiche che filtravano dalle sue tende spalancate.

Nikolai tossí. – La sai la storia delle sue dita?

– Intendi l'incidente di pesca?

Il mio amico ridacchiò. – Ma che incidente di pesca! Non è stato affatto un incidente.

Passammo veloci, rasenti ai muri, e una volta in via Dob piegammo verso il fiume, verso via Rákóczi.
– E allora come le ha perse?
– Se l'è tagliate lui, – sibilò Nikolai.
Raggiungemmo via Károly, dove erano abbandonati giganteschi macchinari per rifare l'asfalto, e c'era odore di bitume.
– Smettila, – sbottai. – È una bugia.
– Me l'ha raccontata Marcus.
– E a Marcus chi l'ha raccontata?
– Non voleva essere costretto a fare il concerto di Capodanno in onore del presidente.
Lo guardai. Gli occhi di Nikolai mandavano fiammate. La luce dei lampioni spioveva nell'incrocio davanti a noi, come un tendaggio tremolante.
– E per non farlo si sarebbe tagliato le dita?
– Con un tagliasigari. Prima una e poi l'altra.
– Non ti credo... – gli dissi, spintonandolo.
– *Track. Track.*
Deglutii, o almeno ci provai, perché non avevo piú saliva.
All'angolo del ponte Erzsébet incontrammo una pattuglia della polizia. Ci nascondemmo per aspettare che passasse, ma sembrava presidiare proprio quell'incrocio.
– Porci... – sibilò Nikolai. – Controlla chi passa il fiume per andare a Pest.
«E cosa c'è di male?» mi domandai, mentre il cuore, mio malgrado, cominciava a battere piú forte.
Non c'era niente di male ad attraversare il ponte, naturalmente, ma, come avevo letto su Watchmen, controllare significava esercitare un potere. E noi due eravamo vittime

perfette: due ragazzini a zonzo durante la notte, a cui i poliziotti potevano fare un mucchio di domande. Immaginai mentre mi riportavano a casa, con mio padre seduto sui gradini davanti alla porta, e mia mamma, delusa, che mi aspettava in camera.

– Non devono vederci, – decisi.

– Io posso passare, – sussurrò Nikolai. – Ma tu... forse è meglio se passi dal prossimo ponte.

Già, pensai. Mi ero dimenticato che Nikolai sapeva essere invisibile.

– Preferirei se mi accompagnassi, – gli risposi.

Nikolai si strinse nelle spalle, tossí, e si spinse gli occhiali incerottati sul naso. – Come vuoi.

Scendemmo il fiume fino allo Szabadság, e lo attraversammo lí, due minuscole ombre che correvano sotto la luna.

Arrivammo all'appuntamento con dieci minuti di ritardo. Bibo era passato dall'officina del padre di Zio Szabó e i due, ora, avevano i cappelli calati sulla fronte e i baveri dei cappotti alzati perché nessuno si accorgesse della loro età. Ci salutammo con qualche pugno di incoraggiamento e seguimmo Bibo senza una parola di troppo.

Non avevo una chiara idea di dove fosse il Caffè degli Artisti, e lo immaginavo come un luogo magico, che apriva e chiudeva ogni notte in una via diversa della vecchia Buda. I pochi lampioni diffondevano aloni di luce simili a fiori tremanti. I giardini e i vicoli erano avvolti in una spettrale oscurità.

Ero cresciuto in quella città e in quelle strade, ma quella notte ebbi la sensazione di trovarmi in una città duplicata. Oltrepassando l'invisibile confine della notte, gli edifici si erano silenziosamente sollevati dalle loro fondamenta e riposizionati. I giardini si erano avviluppati di buio. Le bestie scolpite sulle facciate si erano fatte avanti, per osservare minacciose le loro prede sui marciapiedi.

Ci tenemmo a ridosso di alberi secolari e antiche arcate; superammo i barconi ancorati all'argine del Danubio e inforcammo una stradina acciottolata del tutto anonima. Una volta percorsa tutta, Bibo ci fece segno di fermarci.

– Ci siamo, – disse.

E lo disse esattamente come io mi immaginavo che dovesse essere detto. Quel tono della voce per cui «ci siamo» diventa un mondo tutto da esplorare.

Ci indicò una piccola lucina, che rischiarava un'insegna minuscola di ferro battuto. Niente che desse troppo nell'occhio. Era il Caffè degli Artisti.

Non avevo la minima idea di che cosa fosse un artista, né di chi, o cosa avremmo potuto incontrare là dentro, ma ero sicuro che ci sarebbe piaciuto. Sapevo che gli artisti erano simili ai clienti a cui consegnavo i fumetti. Persone libere, e quindi solitarie, drammatiche, emarginate. Sapevo che gli artisti vedevano il mondo come gli altri non potevano vederlo. Come Nikolai.

Ma anche come Bibo e Zio Szabó: a quindici anni, eravamo tutti artisti.

Nel silenzio della città vecchia, sotto ai nostri respiri concitati, sentii una musica bassa e ritmata, che sembrava provenire dalle fondamenta stesse delle case. Poi un sordo barrito, come di un elefante intrappolato in cantina.

– Per la miseria, – disse allora Zio Szabó. – Ma questo è jazz.
– Jazz! – ripeté Nikolai, girando i polsi all'insú come Spider-Man, per lanciare le ragnatele.
Si era aperta una porta e la musica proveniva proprio da lí.
Sotto alla lucina dell'insegna si formò un capannello di persone, che cominciarono a fumare e a parlottare fitto. Si incamminarono nella nostra direzione e Bibo, con una serie secca di gesti, ci fece allontanare.
Gli ubbidimmo come soldati in missione: facemmo il giro di tutto l'isolato e, un istante prima di incontrare di nuovo la lucina dell'insegna, ci fermammo accanto a una porticina di lamiera, che dava su un cortiletto invaso di mattoni. Anche da là sotto filtravano una linea di luce e un magnetico ritmo di tamburi, trombe, contrabbassi e pianoforte.
– Venite, – ci ordinò Bibo.
Si avvicinò alla porta e bussò tre volte.
– È questa l'entrata sul retro?
Bibo bussò una seconda volta.
– Dici che verrà? Come fa a sentirti? – domandò Zio Szabó, che, stranamente, sembrava il piú teso di tutti.
Mi guardai intorno, incapace di fantasticare.
Bibo bussò una terza volta.
– Vuoi che la scardini? – domandò Nikolai, sfilandosi gli occhiali.
Gli diedi uno spintone che per poco non li fece cadere per terra.
– Stupido! Guarda che me li paghi nuovi!
– State zitti! – ci intimò Bibo.
Restammo ad aspettare, intirizziti dall'ombra.

Bibo appoggiò l'orecchio alla porta, poi, dopo un po' lo scostò.
– Tenetevi pronti, – ci disse.
Sentimmo di colpo un chiavistello che scorreva.
La porta si socchiuse.
– Siamo noi, – disse Bibo.
Dall'altra parte c'era il contorno nero di un uomo enorme.
– Vi avevo detto di venire alle dieci, – disse l'ombra.
– Abbiamo avuto un po' di ritardo, – rispose Bibo.
Rimasero zitti tutti e due, come se fossero indecisi su cosa fare.
– Stiamo buoni buoni, – disse Bibo.
Il buttafuori ci guardò. Guardò Zio Szabó, guardò me, guardò Nikolai, che non era ancora diventato invisibile e non tossí. Fece un mezzo passo all'indietro, permettendoci di vedere le scale che scendevano sottoterra.
– Entrate, dài.
Bibo ci fece segno di seguirlo e noi lo seguimmo. Il buttafuori puzzava di birra e di profumo scadente.
– Scendete la scala dietro di me, e poi subito a destra. Ci sono delle tende dietro ai divani. Vi piazzate lí, e non muovete un muscolo, va bene?
Annuimmo.
– Dite «va bene».
– Va bene, – disse Bibo, per tutti. – Giú dalle scale, a destra, dietro alle tende. E ci mettiamo lí.
Il buttafuori sogghignò: – E qualunque cosa succeda, io non so chi siete e cosa ci fate qui dentro. Se si accorgono di voi e mi ordinano di picchiarvi, vi picchierò.

– Intesi.
Cominciammo a scendere le scale. Le pareti intorno a noi rimbombavano di musica.
– Ti è piaciuta la storia di Druuna? – gli domandò di punto in bianco Nikolai.
– Stai dicendo a me, mostriciattolo? Scommetto che tu non hai capito metà delle cose che c'erano in quel fumetto!
Nikolai fece per ribattere, ma Bibo lo afferrò per la camicia, e strinse, per fargli capire che non era il caso che continuasse quella discussione. Nikolai tirò due volte su rumorosamente con il naso, e non disse niente.
Zio Szabó arrivò per primo in fondo alla scala, dove il volume della musica era ormai altissimo, ed esclamò: – Per la miseria! Lo sapevo.
Ma qualunque cosa sapesse, o avesse pensato di sapere, non me lo disse mai.

# 8. Il covo

Ricordo l'emozione e la confusione. Ricordo il rumore. E il fumo.

Nel Caffè degli Artisti c'erano poche luci. Piú che altro c'erano ombre. E cose che luccicavano nelle ombre: bicchieri. Bottiglie. I bordi d'argento degli strumenti. L'orchestra sembrava un gigantesco ragno sul palco della sala piú grande.

L'uomo che suonava la tromba era gigantesco, e nero: gonfiava le guance e quel pezzo di ottone cominciava a gridare, cosí forte da strapparti le orecchie. Non potevo dire che mi piacesse, ma... era tutto talmente nuovo, e diverso, da come mi sarei mai aspettato che fosse, che anche la tromba andava bene.

Seguimmo senza fiatare le istruzioni del buttafuori e ci rannicchiammo dietro a un grande tendone color sangue, che grondava dal soffitto. Osservammo la nostra porzione di locale con gli occhi elettrizzati dal senso di proibito che tutto ciò aveva.

Il Caffè degli Artisti era stata una cantina; ora era un luogo dove tutti fumavano, dove c'erano tavolini con le gambe storte e le sedie tutte diverse, un bancone che pareva un tavolo da obitorio, riadattato a mobile bar. A versare alcolici dalle bottiglie c'erano quattro ragazzi con i capelli lunghi, le camicie a manica corta e i pantaloni scozzesi, rossi e neri. La band picchiava forte con il jazz e un centinaio di persone battevano il

piede, ciondolavano la testa e si spostavano per abbracciarsi e parlare tra loro.
Era questo, dunque, il regno proibito degli adulti: una cantina satura di musica, di fumo e di parole.
Ne fui ben presto deluso, senza nemmeno capirne il motivo. Non so cosa mi aspettassi di trovare, ma qualunque cosa fosse, lí non c'era. Guardai i miei amici: Nikolai era imperturbabile. Bibo teneva il ritmo con una mano. Zio Szabó era quello che piú di tutti fingeva che quel posto fosse straordinario: ci indicava una persona, poi un'altra, diceva dei nomi, diceva: «Non ci posso credere! Sapete chi è?» ma noi non lo sapevamo e forse non lo sapeva nemmeno lui.
Il tempo passava, ma mi era reso insopportabile da quella tromba cosí acuta e dalla scomodità della nostra posizione.
– Se solo potessimo andare lí in mezzo! – si lamentava Zio Szabó, di tanto in tanto.
Ma credo che la paura di essere scoperti fosse in realtà l'unica ragione per farci restare cosí a lungo. Il resto mi era incomprensibile: che cosa faceva sí che quelle persone fossero degli artisti e come potevo riconoscerle da tutte le altre?
Io vedevo capelli spettinati, giacche di velluto; vedevo banconote scambiate con bicchieri dorati; vedevo lunghe barbe e orecchini che ondeggiavano. Vedevo la schiuma della birra e le suole delle scarpe da ginnastica. C'era qualcosa che non riuscivo ad afferrare, e piú il tempo passava, piú quel qualcosa diventava ingombrante, e fastidioso.
Fu Nikolai a darci la possibilità di ammetterlo, perché a un certo punto della serata si alzò e disse: – Devo andare in bagno. Zio Szabó provò a fermalo, ma Nikolai sgusciò tra le sue mani

come aveva fatto con me quando avevamo lottato, e camminò nel mezzo del locale.

– È impazzito, – sussurrò Bibo.

– Dannato idiota, – ruggí Zio Szabó.

Ma in entrambi c'era una traccia di ammirazione.

Nikolai superò i primi tavolini, fece passare davanti a sé una coppia di artisti, spostò una sedia e proseguí davanti al bancone, con tutta tranquillità.

Bibo e Zio Szabó erano in attesa di un mio commento.

Un cameriere con una torre di bicchieri impilati l'uno sull'altro marciò dritto fino a Nikolai, e lo scansò all'ultimo secondo.

– È invisibile, – mormorai, con voce ammirata.

E Nikolai lo fu davvero, invisibile. Attraversò tutto il Caffè degli Artisti senza che nessuno si accorgesse di lui. Lo attraversò con la calma di un sonnambulo e sparí dalla parte opposta, inghiottito dalla musica.

Noi rimanemmo zitti.

I musicisti diedero il via a un assolo di pianoforte, che mi fece pensare subito al Maestro Gabor e dimenticare di Nikolai.

L'incantesimo durò qualche minuto, interrotto da un grido.

E allora tutto si frantumò alla velocità della luce.

Vedemmo Nikolai tornare di corsa dalla stessa direzione da cui era sparito. Si tuffò davanti al palco dei musicisti e rovesciò i bicchieri di un tavolino. Una donna gridò. Nikolai la schivò e cominciò a correre verso le tende dove eravamo nascosti.

Scattammo in piedi tutti e tre.

– Via! – gridai. – Andiamo via, presto!

Zio Szabó e Bibo non se lo fecero dire una seconda volta. Ci fiondammo su per la scala e salimmo i gradini due alla volta.

– Via! Via! – ripetei, raggiungendo la porta di lamiera da cui eravamo entrati.
Zio Szabó cercò il chiavistello, lo fece scattare e spalancammo la porta con una spallata.
– Fuori!
L'aria fredda della notte mi morse la gola facendomi tossire, ma la accolsi come una liberazione.
Bibo fece un balzo tra i mattoni. Zio Szabó, al chiavistello, lanciò un'occhiata giú dalle scale. Attese un paio di secondi, poi apparve Nikolai.
– Aaaaaaa! – stava ancora gridando a bocca spalancata.
Cominciammo a correre insieme a lui, senza chiedergli nulla, con Zio Szabó e Bibo che chiudevano la fila, veloci come non avevamo mai corso prima. Ci lasciammo alle spalle la musica e gli artisti del Caffè, volando nelle viuzze deserte che scendevano al fiume, oltre i giardini, le arcate, le scale contorte dalla luce delle stelle.
Ci fermammo solo quando incontrammo il Danubio e solo allora ci voltammo, a controllare in quanti ci stessero seguendo.
Nessuno.
Solo i marciapiedi biancheggianti di luna. L'asfalto lucido di umidità. Zio Szabó e Bibo si piegarono sui parapetti. Io tossivo, cercando la sciarpa che non avevo.
– Nikolai, dannato idiota!
– Si può sapere cosa ti è preso?
– Santo cielo, che spavento!
Imprecavamo e ridevamo al tempo stesso: la nostra uscita era stata mille volte piú divertente dell'ingresso.
Avremmo trovato fantastico essere inseguiti da cento persone.

Ma c'eravamo solo noi. E le onde del Danubio che cantavano, dolci e armoniose.

– Mi dispiace, ragazzi... – ansimò Nikolai.

– Cosa ti è successo?

– C'è mancato un pelo!

– Chi era quel gigante che correva dietro di noi? L'avete visto?

Non l'aveva visto nessuno, eppure era come se l'avessimo visto tutti. Anche se non c'era stato nessun gigante a correrci dietro.

– Quello con il bicchiere?

– Non era un bicchiere! Era un coltello!

– Voleva uccidermi!

– Ma perché?

– E chi l'ha capito. Mi hanno fermato davanti al bagno e... – spiegò Nikolai.

– Invisibile, eh?

– Uno di quelli si è messo a gridare: «Che ci fa, qui, un bambino?»

– Ti ha riconosciuto?

– Non lo so! Ma voleva prendermi! E io sono scappato!

– Maledizione, che pasticcio!

Parlavamo uno sull'altro, fingendoci arrabbiati, o preoccupati, ma in realtà nessuno di noi lo era. Ci sentivamo di nuovo a nostro agio, là fuori, in strada, dove eravamo cresciuti.

Camminammo fino al ponte piú vicino, e Nikolai ci raccontò dieci volte dell'uomo del bagno, e in ognuna delle versioni le cose cambiavano un po', l'uomo diventava uno dei Cortili che l'aveva riconosciuto, poi un professore, poi all'improvviso divennero due. In un racconto avevano solo gridato, in un altro l'avevano sollevato per le orecchie, prima che lui si ribellasse. Ma in tutti lui era riuscito a scappare, sempre per un pelo, e sempre grazie al fatto che sotto sotto era un supereroe.

A ogni nuova versione dei fatti, mi accorsi che il motivo per cui era stato scoperto diventava via via meno importante. Arrivai persino a dubitare che qualcuno l'avesse visto e gli avesse anche solo rivolto la parola, e pensai che Nikolai si fosse inventato tutto: che avesse fatto cadere di proposito i bicchieri dalla tavola, che avesse gridato solo perché noi credessimo al suo racconto.

Forse tutto ciò che voleva, era darci un buon motivo per uscire da lí. Una storia da ricordare, ingigantendola ogni volta che, nel corso degli anni, l'avessimo raccontata a qualcuno.

Senza quella fuga non ci saremmo ricordati per sempre della nostra prima serata proibita.

– È stato mondiale, – disse Bibo, quando raggiungemmo i Cortili.

– Sí, – convenne Zio Szabó.

Ma lo era stato solo per merito di Nikolai.

Entrando dal lato di via Király facemmo attenzione al signor Kádár, che però non c'era. Ci dividemmo nei vari cortili, scivolammo fino alle rispettive scale.

– Ciao.

– A domani.

– Sí, a domani.

Mi sembrava di sentir parlare gli insetti. Erano passate da poco le due ed era la prima volta, in vita mia, che ero sveglio a quell'ora.

Superammo la bicicletta rossa di Nikolai, quella che alla fine il rigattiere gli aveva procurato, e ci togliemmo le scarpe per salire i gradini senza far rumore.
Nikolai girò con cura la chiave del suo appartamento, anche se i suoi non c'erano, e scivolammo in camera sua a luci spente.
Dopo aver chiuso la porta con la sua pesante serratura, Nikolai trovò il coraggio di accendere una piccola lampada da tavolo.
Gli sorrisi.
Non avevo sonno. E non l'aveva nemmeno lui.
Si avvicinò al suo grande tavolo di lavoro e afferrò la scatola di pelle nera con gli angoli rovinati.
La mise sul letto, tra noi due.
Sapevo che cosa conteneva la scatola, ma non avevo mai osato chiedergli di mostrarmelo.
Mi mise in mano il primo foglio disegnato e lo ressi con i polsi che ancora mi tremavano per l'adrenalina.
Era un fumetto.
Nikolai aveva disegnato la vignetta di un fascinoso soldato grigio, appoggiato a una Wunderwaffe.
– Il tenente Fog Grey, lessi, sfiorando le lettere con la punta delle dita. – Non ci posso credere... – aggiunsi, dopo chissà quanti secondi. – L'hai fatto davvero?
Nikolai si sistemò gli occhiali sul naso e tossí piano. – Non l'ho ancora fatto. Ho solo iniziato.
Mi passò le tavole successive. Vidi alcune vignette già inchiostrate, altre colorate a pennarello, piú come tentativi, che per convinzione. Fog Grey che precipitava in una voragine. Fog Grey che fermava una carrozza trainata da una pariglia di

cavalli neri. Fog Grey che oscillava nel vuoto, appeso ai travetti del ponte dei Leoni.

– In realtà non so cosa stia succedendo, – mi confidò Nikolai, tirando su con il naso. – Ho fatto questi disegni, vedi, ma... la storia... quella ancora non lo so...

Nel guardare gli spazi bianchi nei *baloons* mi apparvero davanti agli occhi tante parole, come se fossero già scritte.

– Sono uscito dalla nebbia per un unico motivo: ucciderti, – dissi.

Guardai il mio amico disegnatore. Lui, invece, guardava ancora la vignetta bianca.

– Sí, – annuí, piuttosto confuso. – Credo che stia dicendo proprio cosí.

Mi passò altre tavole, e di nuovo vidi le parole che mancavano. Si incastravano nei suoi disegni e da quel primo incastro le vignette sembravano srotolarsi una sull'altra, come un tappeto. Venne l'alba, e ci sorprese mentre ancora stavamo immaginando i primi passi del personaggio disegnato da Nikolai. Fog Grey era fuggito da un luogo terribile: una prigione sotterranea piena di fumo, dove lo stavano torturando, e dove di certo l'avrebbero ucciso.

Era fuggito, cosí come avevamo fatto noi.

# 9. Flash

Venne cosí l'undici del mese successivo, e mi trovò ai pedali della bicicletta rossa di Nikolai.

Le ultime giornate erano volate, rapide e appaganti come le pedalate che davo per raggiungere il parco sull'isola Margherita e incontrare di nuovo il signor Mikla Francia Kiss.

Che cosa era successo?

Non avrei potuto riassumerlo con certezza.

Non avevo prestato attenzione a nulla: la scuola, i corsi di recupero di matematica, l'iscrizione ai comitati della Gioventú, mio padre che si infuriava seduto al tavolo della cucina e mia madre sempre piú invisibile... mi erano scivolati accanto come un fiume in piena, senza travolgermi.

Mi ero concentrato esclusivamente sul nostro progetto e sui disegni di Fog Grey, e ne ero rimasto cosí assorbito da non avere energia per niente altro. Era come dover costruire una casa senza aver mai preso in mano un mattone, una livella o una cazzuola. Avevamo una vaga idea del risultato finale, e nessuna su come raggiungerlo.

– Facciamo per prima cosa il mondo, – avevo proposto io, perché l'avevo letto una volta in un'intervista in appendice a un fumetto.

– Ma non c'è un mondo! Fog Grey abita qui, oggi, nella no-

stra città. Solo che arriva da... sotto. E spaventa tutti, perché indossa una divisa nazista.
– Ma non è un nazista.
– Sí che è un nazista!
– Lo è stato. Ma adesso non lo è piú.
– Solo perché ha perso la memoria...
– E oltre alla memoria ha perso anche il suo vero nome.
– Ma il suo nome era importantissimo. Ed è per questo che lo cercano.
– Mmm... e come fa un nome a essere cosí importante? Secondo me lo cercano per il tesoro che ha nascosto...
– ... prima di perdere la memoria.
– Per le torture. Nei sotterranei.
– Ma certo! Ha seppellito il tesoro nel Labirinto che si trova sotto di noi. E poi si è tatuato le coordinate per trovarlo sulla schiena!
Wow. Quella sí che era un'idea geniale: Fog Grey aveva sempre con sé la mappa per ritrovare il proprio passato, ma non se ne poteva accorgere, perché se l'era fatta tatuare dove nemmeno lui poteva vederla. E quindi aveva bisogno di trovare qualcuno di cui fidarsi.
– O di un buono specchio... – aveva osservato Nikolai, facendo le prove in bagno. – Mmm... forse invece che sulla schiena, se l'è fatta tatuare sulla testa, sotto ai capelli.
– Grande!
– Una cosa, a ogni modo, è sicura...
– E sarebbe?
– Dopo essersi fatto fare il tatuaggio... ha ucciso il tatuatore.
– Nooo! Fog Grey non ucciderebbe mai una persona.

– Invece lo ha fatto. E molte, anche, quando era un tenente nazista.
– Ascolta. Lui è cambiato. Non solo non sa chi era: non vuole saperlo. Ma non ha ucciso il tatuatore.
– È morto da solo?
– Lasciami finire: non ha dovuto ucciderlo perché non si è fatto fare l'intero tatuaggio da una sola persona, ma da tante. Una lettera a ognuno, in modo che nessuno potesse scoprire le coordinate per intero.
– Tutti... tranne l'ultimo. Che poi ha ucciso.
Avevo sospirato.
Era stato piú o meno con questo tipo di discussioni, che erano trascorse le mie ultime giornate.
Costruivamo a tentoni, nella nebbia, come il nostro eroe dal passato indecifrabile. Né io né Nikolai avevamo la minima idea di quale fosse il modo giusto di procedere, e nemmeno se fosse esistito un modo giusto.
Per esempio: eravamo sufficienti, lui e io? Quante persone servivano a fare un buon fumetto?
Una sola? Due? Tre? Cinque?
E che cosa dovevano fare?
Sulla prima pagina de *Il mitico Thor* c'era scritto: *Immortalizzato dal sorridente Stan Lee e dall'allegro Jack Kirby*.
Si sarebbe detto che ne servivano due, quindi.
Ma su altri fumetti le cose si complicavano.
– Senti qui, Sándor... Soggettista: Marv Wolfman. Sceneggiatore: Roger McKenzie. Inchiostratore: Bruce Patterson.
– E che cos'è un inchiostratore?
Non lo sapevamo. Ma non era il problema maggiore.

– Supervisione: Denny O'Neil.
Il problema era se questo Denny O'Neil avesse davvero la «supervisione». E cosa riusciva a supervedere? Poteva vedere attraverso i muri?
Nikolai ne era entusiasta: – Questa è la prova che anche gli autori dei fumetti devono avere i superpoteri! – aveva esclamato.
La cosa, naturalmente, mi lasciava perplesso.

Non sapendo bene da dove cominciare, avevamo iniziato dalla prima pagina. Ci eravamo ispirati sia al modello «a due», sia al modello «supervisione», dove avevamo assegnato un ruolo anche a Bibo e a Zio Szabó.
Aveva scelto di lasciare anche nel nostro fumetto il signor Bruce Patterson come Inchiostratore, dato che non eravamo riusciti a capire che cosa dovesse fare, e avevamo composto il tutto.
– Il titolo qui, bello grosso, – avevo suggerito.
E Nikolai l'aveva fatto davvero grosso.
Alla fine di un paio di pomeriggi di tentativi, la nostra prima pagina appariva piú o meno cosí.

FOG GREY
È TORNATO
IL FIGLIO DELLA NEBBIA.
IL TENENTE SENZA MEMORIA.
COLUI CHE È SOPRAVVISSUTO AL BUIO.

E, poco piú sotto:

*Un'avventura scritta dal sorridente Sándor Földesi*
*e disegnata dall'allegro Nikolai Ferenc*
*Soggettista: Bibo*
*Sceneggiatore: Zio Szabó*
*Inchiostratore: Bruce Patterson*
*Supervisione (cancellato) e Invisibilità: Nikolai Ferenc*

Ci eravamo incontrati ogni pomeriggio in casa di Nikolai, trascorrendo le ore a parlare di quello che secondo noi poteva succedere e di quello che non poteva succedere nelle storie di Fog Grey. Io scrivevo delle brevi scene, lui faceva degli schizzi. Io gli leggevo una frase, lui mi mostrava uno scorcio delle Gallerie dei Turchi. E poi ricominciavamo dall'inizio.

– Sono state costruite sotto alla città piú di quattrocento anni fa. Devono essere ancora piú antiche di cosí.

– Quando abbiamo cominciato a scavare la metropolitana?

– Mettiamoci un intero esercito di soldati della seconda guerra mondiale senza memoria, che escono insieme a lui!

La nostra fantasia galoppava. E il nostro personaggio, a poco a poco, prendeva forma: ormai era un tenente tedesco senza memoria, che si rivoltava alla sua natura, e diventava all'improvviso un paladino della città.

Prendevo appunti.

– In realtà non è un vero nazista, anche se lui non se lo può ricordare. Era una spia inglese, travestita da nazista, e catturata dai russi.

– Una spia inglese! Ma certo! Sarà il colpo di scena dell'ultimo numero.

Prendevo appunti: ultimo numero. Spia inglese.

Fog Grey viveva nel sottosuolo, che solo lui conosceva.
Avevamo cominciato a disegnare un'immensa mappa di cunicoli, piani e piani di labirinti, uno sull'altro e tutti sotto di noi. Giravamo per la città e io prendevo appunti: ecco quel palazzo, quella via, quel parco. Le uscite segrete di Fog Grey, le porte del sottosuolo che si aprivano durante le notti di nebbia. Avevo i brividi lungo tutta la schiena.
Avevamo cominciato a far comparire anche altri personaggi, prima un amico, poi il nemico, infine l'oscura minaccia del passato. Ma non ci convincevano: erano solo ombre, e niente di piú.
Avevamo squadernato intorno a noi tutti i fumetti che possedevamo. Le pagine piú utili segnate da foglietti di carta ritagliata. Le scene piú memorabili spalancate sul tavolo da lavoro. Erano frammenti. Nient'altro che frammenti.
Ma brillavano come diamanti.
Le storie a cui ci ispiravamo erano tutte incomplete: non sapevamo mai come andavano a finire, né avevamo modo di procurarci la parte precedente, semplicemente perché non c'era nessuno a cui chiederlo.
Nikolai, Zio Szabó, Bibo e io eravamo costretti a immaginare tutti i collegamenti mancanti. Ne parlavamo per ore, e ognuno aveva la propria teoria su come fossero andate le cose. Bastava una semplice domanda per scatenare giorni e giorni di supposizioni. Perché Hulk aveva i pantaloni viola, per esempio? Li indossava il giorno in cui era stato sottoposto alle radiazioni o si era trasformato mentre andava a una festa? Oppure: dove teneva i documenti il Principe Namor? Devil era buono o era cattivo? Era piú intelligente Lex Luthor o Xavier degli X-Men?

Domande senza risposta che ci costringevano a leggere e rileggere i fumetti senza sosta, e ad aspettare di trovarne di nuovi.

A peggiorare le cose, c'era il fatto che nessuno di noi conosceva bene l'inglese, ovvero la lingua in cui ci arrivavano. A scuola non ce lo aveva insegnato nessuno, la lingua piú importante era il russo, e le poche parole che conoscevamo le avevamo imparate su quelle stesse pagine.

– È una lingua lurida, ragazzi... – sosteneva Zio Szabó. – Le loro lettere non si leggono come le nostre.

L'unica vaga idea di come si pronunciassero le lettere inglesi l'avevo avuta dalle canzoni che Agota mi faceva sentire quando andavo a casa sua. Zio Szabó aveva pienamente ragione: era davvero una lingua lurida.

Zio Szabó si era fatto regalare un logoro vocabolario russo-inglese, che usava per controllare il significato di questa o quella parola. Bastava farsi un elenco di parole, portarlo a Zio Szabó e aspettare che lui andasse a casa a cercarle sul vocabolario. Di solito impiegava un paio di giorni a fornirti il risultato, e a volte la sua risposta era: «Non c'era».

Non perché la parola fosse sbagliata o quello fosse un brutto vocabolario, ma perché si erano staccate molte pagine, e se eri particolarmente sfortunato, la parola che ti serviva si trovava su una di quelle che si erano perdute. Un giorno Bibo gli aveva fatto cercare cinque parole, e tutte e cinque non c'erano piú.

– Pazienza, – aveva risposto lui. – Vorrà dire che per me *lost* significa «losco».

E, invece, significava «perduto».

Fu cosí che mi sentii, quel giorno, quando raggiunsi il parco sull'isola Margherita: perduto.
La bici scintillava di vernice rossa. Le ruote giravano veloci.
Indossavo il mio solito giaccone con la sacca segreta, il cielo era terso come un lino e il Danubio aveva il colore del tè appena filtrato.
Attraversai il parco facendo sgommare le ruote sulla ghiaia e mi diressi alla mia solita panchina.
Ero perfettamente in orario.
Ma il signor Mikla Francia Kiss non era ancora arrivato.

# 10. Nessuno risponde al Bat-segnale

All'inizio non mi preoccupai.
Mi sedetti. Lasciai la bicicletta distesa accanto a me (non aveva il cavalletto per poter stare in piedi) e accavallai le gambe sulla panchina.
Indugiai con lo sguardo sulle poche nuvole, sui rami che inverdivano, sulle onde lente del fiume. Controllai l'ora, infastidito da una strana premonizione.
Un quarto d'ora di ritardo.
Cominciai a farmi piú inquieto e pensare male: negli appuntamenti precedenti non l'avevo mai dovuto aspettare, e quella situazione mi generava un certo imbarazzo.
Forse il signor Francia Kiss aveva avuto un disguido. Sarebbe arrivato con una mezz'ora di ritardo scusandosi molto con me.
Forse aveva avuto un problema con una macchina.
Oppure c'era un treno, o un aereo.
D'altra parte ero convinto che arrivasse da molto lontano, dalla Germania, o dalla Francia.
Poteva esserci stato un incidente lungo il percorso.
Scacciai subito quell'immagine.
Nessun incidente. Solo un contrattempo, mi dissi. Un banale disguido.
Venti minuti.
Smontai dalla panchina e controllai tutt'intorno: forse il si-

gnor Francia Kiss si era confuso e mi stava aspettando in un'altra panchina...
Ma no: non c'era nessuno.
Notai solo allora una rivista spiegazzata, per terra.
Mi chinai a raccoglierla.
Si intitolava *Irodalmi Ujság*, la «Gazzetta Letteraria», ed era un giornale sui cui si discuteva di libri. Lo sfogliai rapidamente: scrittori che scrivevano di altri scrittori. Alcune poesie. Una vignetta satirica.
Poi alcune pagine strappate a metà. Controllai se le pagine mancanti fossero state lí intorno, ma non le trovai.
Mezz'ora.
Mi guardai di nuovo intorno, ma non c'era nessuno.
Mi imposi la calma, mi sedetti nuovamente sulla panchina, e cominciai a leggere.
Quando scese il buio, il signor Mikla Francia Kiss non era ancora arrivato.

Sopportai la sfuriata di mio padre senza fiatare, pensando ad altro.
Andai a letto con il cuore pesante e la testa assillata da mille domande.
Perché non era venuto?
Che cosa era successo?
Avevamo forse concordato una data diversa e non me ne ricordavo?
Aveva sbagliato giorno, o l'avevo sbagliato io?
Si sarebbe presentato all'appuntamento successivo?
Cominciai a girarmi e rigirarmi, faticando a dormire, nono-

stante l'immagine di Batman continuasse a proteggere la mia camera.

– Non lo so, – risposi a Nikolai, il giorno successivo, quando uscimmo dalla scuola di via Práter, nell'ottavo distretto. – Non so darti una spiegazione.
Tossí.
– Forse verrà oggi, – mormorò, sfiorandosi gli occhiali.
– È quello che ho pensato anche io.
– Torni al parco?
Annuii.
– Se vuoi ti accompagno.
– È meglio di no. Ci siamo sempre incontrati da soli, ed è meglio proseguire cosí.
Camminammo verso casa, io con le mani sepolte nelle tasche, Nikolai che spingeva la bicicletta per il manubrio.
– Certo che è strano, – disse. – Non aveva mai saltato un appuntamento, vero?
– No.
– E da quanto tempo è che vi incontravate?
Contai mentalmente, poi gli risposi: – Cinque mesi.
– E sempre l'undici.
– Sempre l'undici, alla stessa ora.
– È strano davvero... – mormorò lui.
Rimasi zitto.
– Non hai un... – Nikolai abbozzò. – Non lo so... un numero di telefono, un indirizzo, qualche modo per rintracciarlo?
– No. L'unica cosa che so è il suo nome.
– Mi sembra un po' poco, per trovarlo, – disse Nikolai.

Mi strinsi nelle spalle. Arrivati all'altezza di viale József Körút aspettammo il passaggio di un tram prima di proseguire, il che mi fece venire in mente un particolare.

– Potrei provare a salire sul tram numero due...

– E perché?

– È lí sopra che l'ho conosciuto. Davanti al Forum Hotel...

Ricordavo ancora perfettamente com'era andata. Il tram che portava in centro città era strapieno di gente, ed eravamo schiacciati sul fondo. Io e il signor Francia Kiss, intendo. Era novembre. Dalla tasca del suo soprabito spuntava un rotolo di pagine colorate, che la calca del tram stava stropicciando. Lui cercava disperatamente di leggere un giornale, mentre i passeggeri lo spintonavano da una parte e dall'altra. E io ce l'avevo proprio davanti al naso: era un fumetto, e l'avevo riconosciuto. Lo fissavo con tale insistenza che alla fine il signor Francia Kiss se ne era accorto e mi aveva domandato: – Ne hai già visto uno?

– Come? – E avevo sollevato lo sguardo per incontrare quello della persona che, nei cinque mesi successivi, sarebbe diventato il mio fornitore ufficiale.

Incurante delle persone che ci circondavano, dei loro visi appuntiti e degli occhi da ratto, il signor Francia Kiss si era sfilato il fumetto dalla tasca del cappotto e me l'aveva messo in mano.

– Sai leggere l'inglese?

– Un poco, – avevo mentito.

Il mio sguardo era rapito dalla copertina. Una specie di uomo lupo lacero, con gli artigli sguainati, sopra a una catasta di nemici uccisi. Si chiamava Wolverine, aveva poche pagine, ma nella mia mano tremante pesavano come una tonnellata.

Il signor Francia Kiss mi aveva sorriso.
– È tuo. Tienilo pure.
– Sta scherzando?
Aveva riso.
– No. Ne ho altri. Prendilo come un piccolo regalo.
– Non è un piccolo regalo, – gli avevo risposto.
Lui aveva controllato dai finestrini sporchi del tram. Si era ripiegato il giornale nella tasca per farmi capire che era quasi arrivato e che da lí a poco sarebbe dovuto scendere.
– Senti, allora... – mi aveva sussurrato all'improvviso, con l'impeto di una confidenza importante. Si era leggermente chinato per potermi parlare senza che gli altri potessero capirci. Sentivo il suo respiro, caldo, nell'orecchio. – Se ne vuoi un altro, vieni al parco dell'isola Margherita, sai dov'è?
Io avevo annuito.
– Fra tre giorni, – aveva detto il signor Mikla Francia Kiss. Poi si era corretto. – Anzi, no. Facciamo l'11. L'11 dicembre. Va bene, per te?
– Sí, – gli avevo risposto.
Il tram aveva cominciato a rallentare, fermandosi davanti alla facciata imponente del Nuovo Forum Hotel, un locale per turisti stranieri che era stato inaugurato pochi anni prima.
– Alle cinque, – mi aveva ripetuto, poco prima di scomparire nel varco tra cento cappotti che si stringevano attorno a noi.
Mi ero nascosto rapidamente quel numero di Wolverine sotto al maglione, sentendomi addosso gli sguardi di tutti gli altri passeggeri.
Indeciso su cosa fare, spaventato da quanto mi era appena suc-

cesso, ero rimasto sul tram fino al capolinea, camminando poi a ritroso fino a casa.

– Aspetta un attimo! – esclamai, davanti all'ingresso dei Cortili.
Nikolai mi guardò. – Cosa devo aspettare?
– Mi sono ricordato un particolare da poco, forse, ma...
– Spara.
– Il giorno in cui lo conobbi... il signor Francia Kiss stava leggendo un giornale...
Il mio amico si finse pensieroso. – Una notizia davvero sensazionale, – commentò, ironico.
Io, invece, mi chinai ad aprire lo zaino con i quaderni e il mio libro di scuola. – Forse è una semplice coincidenza, oppure no... Ma vicino alla panchina dove avremmo dovuto incontrarci ho trovato questo...
Consegnai a Nikolai una copia della «Gazzetta Letteraria».
Lui la guardò molto rapidamente. Poi se la rigirò tra le dita: – Caspita. È conciata piuttosto male.
Gli spiegai dove l'avevo trovata.
– Queste pagine strappate? E queste macchie qui...? Sono di fango, secondo te?
Il mio cuore batté un rintocco di campana.
– Ed era sotto alla panchina, dici?
Mi scorsero davanti agli occhi le immagini del signor Mikla Francia Kiss intento a leggere sulla sua panchina mentre mi aspettava. Vidi il momento in cui veniva sorpreso da un uomo in impermeabile nero. Il signor Francia Kiss provava a nascondere la sua valigia da viaggio piena di fumetti, o a gettarla

nel Danubio, ma l'uomo con l'impermeabile non gliene dava la possibilità. Li vidi lottare con altri due poliziotti che accompagnavano l'uomo in impermeabile. Volavano i pugni, gli spintoni, luccicavano le manette, e la «Gazzetta Letteraria» cadeva sotto alla panchina, lí dove io l'avevo trovata.

– L'hanno arrestato... – mormorai.

– Sándor? – mi domandò Nikolai. – Che cosa stai dicendo?

– Forse sto correndo troppo con la fantasia.

– Direi proprio di sí.

Con uno spintone, varcammo insieme l'atrio dei Cortili.

Il signor Kádár era seduto sui gradini della scala. Mi salutò sollevando il palmo della mano ed ebbi la chiarissima sensazione che mi stesse aspettando. E che lo sapesse già.

Ebbi l'assoluta certezza che fosse colpa sua.

Mi salutò guardandomi come un dottore prima di incidere con il bisturi, come per analizzare la mia paura. Voleva comunicarmi qualcosa che solo io potevo capire.

Sorrideva, il vigliacco.

– Buongiorno, signor Kádár, – disse Nikolai, che era rimasto del tutto estraneo al nostro scambio di sguardi.

– Sándor...

Io, invece, non gli risposi.

Superai il primo cortile, sentendomi addosso il suo sguardo, dritto tra le scapole, nello stesso preciso punto in cui Fog Grey si era fatto tatuare le coordinate del suo tesoro misterioso.

– Be'? – mi domandò Nikolai, quando ci fermammo sotto casa. – Cosa vuoi che faccia?

– Vieni con me... – gli risposi, esalando aria gelida dai polmoni.

Quel pomeriggio ci recammo insieme all'appuntamento con il signor Mikla Francia Kiss, e anche quel giorno lui non si presentò.

Tornammo a cercarlo per tutta la settimana e per tutta la settimana lui non si presentò.

Cosa gli era successo? Che cosa gli avevano fatto? E come potevamo scoprirlo?

Nella piazza del Parlamento ondeggiavano stanche bandiere. Le guglie del tetto sembravano tanti aghi d'anestesia e le finestre nere erano sufficientemente tetre da farci nascere i peggiori sospetti. Evocavamo le leggende piú nere della nostra città: le avevamo in mente tutte, perché le volevamo usare nelle avventure di Fog Grey. La storia della nostra città non si trovava sui libri di scuola, ma camminava con noi. Bisbigliava a ogni angolo, a ogni tombino. Tutti sapevano che si poteva sparire da un momento all'altro, e senza lasciare nemmeno una traccia.

Era sempre colpa della Polizia Segreta.

Era lei a conoscere le vie che gli altri non potevano percorrere.

La Polizia Segreta veniva sconfitta da Fog Grey, nel nostro fumetto.

Ma nella realtà Fog Grey non esisteva.

Non ancora, almeno.

Sentimmo il selciato vibrare sotto i nostri piedi, al passaggio della vecchia linea della metropolitana.

Nikolai sembrava schiacciato dai miei stessi pensieri: – Se l'hanno preso, non lo troveremo mai.

– Non l'hanno preso, – risposi io, piú per cocciutaggine che per reale convinzione. – Vedrai che tornerà. Magari ha solo

dovuto saltare il mese. Chi può dirlo? Magari l'undici giugno sarà di nuovo alla panchina, con un carico doppio di fumetti.
Nikolai sorrise, ma da come camminava sembrava che anche i suoi occhiali fossero piú pesanti.
– Se l'hanno portato... sotto... – e indicò il marciapiede. – Non lo sentiremo nemmeno urlare.
– Non dire stupidaggini, – gli risposi.
– Lo sentiremo?
Passammo cupi lungo tutta la Köztársaság, la piazza della Repubblica.
Mi sentivo di nuovo sperduto. Avevo freddo al collo, e mi mancava la sciarpa. La sciarpa, e la sacca vuota del mio giaccone portafumetti, mi davano la sensazione di essere nudo.
Nikolai tossí.
Io vedevo tutto appannato, avvolto nella nebbia.
Una persona che conoscevamo era sparita? Perché non ci venne mai in mente di chiederlo a qualcuno, di denunciare la sua scomparsa alla polizia, di fare un annuncio su un giornale? Perché, invece di fare una qualsiasi di quelle semplicissime cose, decidemmo che era in atto un vero e proprio complotto orchestrato dal Dipartimento III/III, e che comprendeva piú o meno tutti quelli che conoscevamo? Se ci fossimo comportati diversamente, forse, con un po' di fortuna, ci saremmo evitati i guai che arrivarono dopo. E forse, ma sempre forse, gli avvenimenti avrebbero potuto prendere una piega diversa.
Non è vero, Nikolai?
Non posso esserne sicuro. I nostri sospetti, che per me erano delle certezze, li avevamo costruiti con gli stessi procedimenti mentali con cui colmavamo gli albi mancanti della nostra col-

lezione: collegando persone e avvenimenti che non avevano tra loro nessun collegamento. Convincendoci dell'esistenza di relazioni, motivazioni, cause ed effetti che apparivano tali solo ai nostri occhi.

Ingenuità?

Intuito?

Genio?

Follia?

L'avremmo scoperto fin troppo presto.

Anche perché, il giorno successivo, dovemmo affrontare Lajos.

## 11. Da un grande potere derivano grandi responsabilità

I nostri clienti si accorsero ben presto che qualcosa non andava. Era passata ormai una settimana dal rifornimento mensile, e nessuno di loro aveva ricevuto le novità. Gli amici degli amici cominciarono a chiedere cosa stesse succedendo. Alla scuola di via Práter, dove andavamo Nikolai e io, c'erano una decina di clienti, e altrettanti ne aveva Bibo all'Istituto tecnico. Zio Szabó faceva regolarmente il giro tra otto, nove amici. E a tutti loro si dovevano aggiungere le reclute, e quelli lasciati in sospeso, come Tildy, il figlio del pezzo grosso con la Mercedes.

L'ottava mattina dopo il mancato rifornimento, fuori dalla via Práter si riuní un piccolo capannello di persone. Si formò spontaneamente, intorno a me e Nikolai: Zio Szabó era venuto a prenderci all'uscita da scuola, per sapere se c'erano state novità. Camminammo compatti per qualche centinaio di metri, parlando del piú e del meno, fino a quando non fu evidente a tutti che facevamo parte dello stesso gruppo.

I vari amici e amici degli amici cominciarono a parlarsi: avevo sempre cercato di fare in modo che questo non accadesse, non tanto perché poteva essere pericoloso, ma perché, ci aveva fatto notare Nikolai, in quel modo i ragazzi potevano scambiarsi i fumetti tra loro e non dovevano piú dipendere da noi.

Ma era una situazione di emergenza. E questo era ormai evidente a tutti. Messi alle strette, dovemmo confessare che il rifornimento di fumetti era in ritardo e chiedere loro di pazientare.

Fu Zio Szabó a parlare, forse perché era il piú anziano e il piú grosso di tutti noi e gli altri avevano individuato in lui il capo di tutta l'organizzazione.

– Che cosa volete fare? Che volete fare? – domandò Zio Szabó un paio di volte. – Aspettiamo che arrivino.

– Ma non potete fare qualcosa?

Zio Szabó scosse il capo. – Abbiamo le mani legate. E lo sapete bene.

– Io contavo i giorni.

– Ci tenevo cosí tanto!

– Quanto ci vorrà?

Zio Szabó provò a minimizzare. – Mal che vada, salteremo il mese.

Nel gruppetto ci fu un po' di subbuglio. – Un mese? Un intero mese?

– Suvvia, ragazzi! Non è certo un mese che vi cambia la vita...

– A voi forse no, ma a me sí, – sospirò un ragazzo dai capelli rossicci.

– E anche a me, – sbottò un tipo tarchiato, con la faccia da tubero. – Io ho pagato un abbonamento mensile... eh? – Strattonò Nikolai per la giacchetta. – E se non mi dai il mio fumetto, voglio i soldi indietro.

Abbonamento mensile? Era una novità anche per me. Da dove l'aveva tirata fuori quell'idea?

– Niente paura... – intervenne Nikolai. Si diede un'occhiata intorno e tirò fuori da una tasca del giubbotto alcuni fumetti.

– Per chi ha pagato l'abbonamento, il rifornimento è garantito.
Ne consegnò rapidamente tre, che riconobbi aver prelevato dalla sua personalissima collezione. Io lo guardai, ammirato. Era davvero un venditore nato: il cliente non era una mucca da mungere, ma da venerare, a dispetto dei sacrifici.
I ragazzi intorno guardarono tristemente passare di mano quei pochi albi e, piú o meno tutti, sospirarono.
Poi uno di loro disse: – Non è che ci state prendendo in giro, vero? Non volete tirare sul prezzo?
Non facemmo tempo a replicare, che l'idea si era già diffusa. Si misero in testa che avessimo ricevuto il rifornimento, ma che per qualche ragione non volessimo vendere i fumetti a loro.
– Ma cosa dite? – sbottò Zio Szabó, cercando di toglierseli di torno.
– Io posso arrivare a quindici fiorini in piú... – mi propose spontaneamente uno dei ragazzi di quinta.
Dovevo intervenire: Zio Szabó cominciava a perdere credibilità.
– Non è una questione di prezzo, credetemi... – provai a rassicurarli. – È successo davvero qualcosa e questo mese, per motivi che nemmeno noi sappiamo, non ci sono novità. Per nessuno: nemmeno per voi.
– È vero, – confermò Zio Szabó.
Ma il malcontento non accennò a diminuire.
– Qualcosa cosa? Dobbiamo saperlo!
– E come facciamo a essere sicuri che il mese prossimo arriveranno?
– Caspita! Il mese prossimo!

– Ma è un'infinità di giorni!
– Io l'avevo promesso a mio fratello. Se torno a casa senza mi picchierà!
– Vendeteci i vostri!
Zio Szabó e io ci guardammo: le nostre collezioni erano del tutto nuove per loro. E a vendere un albo alla settimana potevamo impiegare un anno, a esaurirle.
La nostra esitazione ci fu fatale. Si accalcarono attorno a noi.
– Vendeteceli!
– Quindici fiorini in piú, ho detto!
– Io arrivo a venti, se avete Iron Man!
Ci strinsero contro un muro, calcinato di fresco.
– Shtt... fermi... un momento... state calmi... – cominciò a ripetere Nikolai. – Abbiamo pensato a cosa fare, ragazzi... state tranquilli... non vi lasciamo senza fumetti...
Chiusi gli occhi per un istante: immaginai che Nikolai avrebbe sparato un prezzo esorbitante e che gli amici e gli amici degli amici ci avrebbero picchiato.
Invece, anche quella volta, Nikolai mi stupí. – Possiamo prestarveli, – disse. E subito aggiunse: – A due fiorini al giorno.
Gli altri si scambiarono un'occhiata sperduta: – Due fiorini al giorno? Ma è un furto!
– Dipende da quanto sei veloce a leggerlo, – gli fece capire Nikolai.
– Sono quattordici fiorini alla settimana, – contò un ragazzo, che evidentemente impiegava quel tempo a tradurre e capire tutto un fumetto.
Uno sbuffò: – Quattordici fiorini per un fumetto che poi non puoi nemmeno tenere!

Cominciarono a parlare tra di loro, ignorandoci. Nikolai li lasciò sfogare, sorridente, pregustando già la sua vittoria. E quando in effetti gli spiriti si furono calmati, consegnò loro una breve lista di titoli. Per la precisione, gliela fece solo vedere, perché non la mise mai nelle loro mani. Un'altra accortezza per non lasciare tracce a nessuno.

Aspettò che gli amici degli amici la leggessero, tracciò una X davanti ai fumetti che sarebbero stati presi in prestito e si accordò rapidamente per la loro consegna. Alcuni, li aveva già portati con sé, anticipando la richiesta e dimostrando cosí di conoscere perfettamente i gusti dei suoi clienti.

In pochi minuti nel gruppetto si diffusero i primi sorrisi, e i rimbrotti di malcontento lasciarono il posto alle prime espressioni soddisfatte.

Rapido come si era formato, il gruppetto si dissolse, lasciandoci tranquilli.

– Bel colpo, coniglio, – si complimentò Zio Szabó, mentre Nikolai contava una trentina di fiorini di anticipo.

– Grazie, Zio.

– E si può sapere quando ti è venuta in mente?

– Ieri, – ammise Nikolai. Tossí. – Non riuscivo a dormire e... di punto in bianco...

Ci incamminammo verso casa.

– Ehi, voi! – ci chiamò una voce, non appena svoltammo l'angolo.

Ci voltammo.

Nikolai digrignò i denti.

Era Lajos.

Lajos era uno tipo perfettino, con i capelli biondi, lisci e gli occhi azzurri. Era piccolo, piú piccolo di me, ma aveva nello sguardo un'intensità minacciosa, da vipera.
Ci aveva seguito senza far rumore, strisciando, secondo me, lungo i muri dell'isolato che avevamo appena percorso.
Indossava un vestito leggero: pantaloni color tortora, scarpe pulite e un maglioncino da cui spuntava un colletto di camicia perfettamente stirato. Lo si capiva da come era vestito, e da come camminava, che Lajos era il classico compagno che piaceva ai professori e andava bene a scuola. Lui e Nikolai nemmeno si salutavano. Zio Szabó l'aveva incontrato sí e no un paio di volte e, infine, avevo di lui un'opinione altalenante.
– Szabó... Sándor, – ci salutò Lajos, lasciando il mio nome in fondo. Sapeva perfettamente chi era il capo della nostra banda di spacciatori.
– Ciao, Lajos.
Notai che aveva la camicia abbottonata fino all'ultimo bottone, un particolare che mi risultò immediatamente odioso, e che i pantaloni, per quanto lisi, erano perfettamente piegati, come se, invece di indossarli, se li fosse appesi addosso.
– Ho sentito le brutte notizie... – esordí.
– Già. Un mese storto, – ammisi. – Capita.
– Che sfortuna, eh?
– Non capisco cosa intendi.
– Niente, davvero... ma... – e qui Lajos guardò per la prima volta anche Zio Szabó. – Mi pare davvero una sfortuna che proprio quando dovevano arrivare i miei fumetti piú importanti... di colpo si ferma tutto...

Sbottai in una risata. – Se pensi di essere stato sfortunato allora... non sei il solo.
Lui mi interruppe. – Non penso di essere stato sfortunato. Penso che tu l'abbia fatto apposta.
– Fatto apposta cosa?
– Con i ragazzi, prima... tutti gli altri. Li state fregando tutti, vero?
Zio Szabó si grattò la testa. – Senti, amico: se credi che noi ci divertiamo, a fare questo, ti sbagli di grosso.
– Andiamo... pensate davvero che ci caschi anch'io? Ditemelo: non mi offendo.
– Oh, puoi benissimo offenderti, invece... – intervenne Nikolai, acido.
Zio Szabó lo ignorò, provando a far valere i suoi muscoli, che guizzarono sotto alla maglietta stretta. – Che cosa dovremmo dirti?
– A chi li avete venduti, per esempio... – sorrise lui, e poi aggiunse, a bruciapelo: – A Tildy?
Ebbi un brivido. Un altro collegamento mi scattò nella testa senza che io potessi impedirlo: ecco chi aveva fatto la soffiata a Tildy, il mese prima. La nostra bocca larga era proprio davanti a me. Biondo e ostile.
Da tenere calmo.
Zio Szabó provò a rimediare. – Bel tentativo. Ma sei fuori strada, credimi.
– Oppure li avete venduti a Rubik? Lui può pagarvi di sicuro, e tanto. Ma credo che abbia altri canali, per procurarsi quello che vuole...
– Ottima osservazione... – intervenne Nikolai. – Perché non

te li cerchi anche tu, i canali giusti? Noi ormai siamo passati di moda.

– Ah ah, – disse Lajos, scuotendo il capo. – Non mi levo di torno tanto facilmente.

– Smamma, Lajos, – continuò Nikolai. – Vedi di sparire, prima che decida di arrabbiarmi sul serio...

Lui fece saettare lo sguardo. – Ma non sei tu, quello che sparisce? Oppure, no, scusa! Lo fai solo quando ti si avvicina una ragazza?

Una molla.

Bloccai Nikolai un attimo prima che gli saltasse addosso. Lo sollevai da terra che quasi scalciava.

– Piccolo vigliacco che non sei altro! Lasciami andare! Lo gonfio di botte, lo faccio nero! Che vada pure a lamentarsi da suo papà! Faccio nero anche lui! Faccio nera tutta questa stramaledetta polizia della città! Lasciami, ho detto! LASCIAMI!

Ma io non mollai, lo tenni stretto e gli serrai le mani sul collo, per soffocarlo e costringerlo ad allontanarsi. – Vai a casa.

– LASCIAMI!

– Vai a casa, ti ho detto!

Ci fissammo negli occhi. Io e lui. Intensamente. Il corpo di Nikolai era un pezzo di pietra, ma io non arretravo di un centimetro.

– Vai a casa, – gli sillabai, continuando a stringerlo. – Ci penso io.

Lo sentii distendersi.

Tossí. Si sistemò gli occhiali rattoppati sul naso, cercò una conferma nel mio sguardo...

– Ci penso io, – gli dissi.

... E si allontanò, senza dire un'altra parola.
Mi voltai. Zio Szabó e Lajos erano rimasti qualche passo indietro, a confabulare. Tornai da loro con tutta l'indifferenza di cui ero capace, mi scusai con un paio di mezze parole e Zio Szabó mi disse che stavano parlando del prestito.
Lajos non sembrava del tutto convinto che quello che gli avevamo raccontato fosse la verità, ma era disposto a crederci, o almeno cosí sembrava.
– Che cosa potete darmi? – ci domandò.
Non mi accorsi che si inumidí le labbra.
La sua richiesta mi colse alla sprovvista, perché non avevo una lista di fumetti come quella di Nikolai, e mi appuntai mentalmente che dovevo farmene una il prima possibile. Ma non volevo che fosse Zio Szabó a rispondergli. Dissi i primi titoli che mi vennero in mente: – Ho un Devil di Frank Miller, *L'ultima mano*; X-Men: *Lupo ferito* e *Giorni di un futuro passato*; poi un fumetto argentino, l'Eternauta...
Lajos mi fermò. – L'Eternauta andrà benissimo.
Era forse uno dei fumetti piú belli che possedevo, e glielo dissi, come per raccomandarmelo o per fargli cambiare idea.
Per tutta risposta, lui mi mise in mano quattro fiorini, il doppio del prezzo che avevamo chiesto agli altri.
– Lo prendo per un giorno solo, – sottolineò. – Domani.
I fiorini brillarono nella mia mano. Pallidi dischi di latta capaci di pagare ogni desiderio.
– Affare fatto, – decisi. – Domani.
– Ci vediamo nei bagni, alla fine dell'intervallo, – disse Lajos.
E, di nuovo, si inumidí le labbra.

## 12. Il Punitore

Nikolai non aveva voglia di parlare, e non parlò.

Ci aveva aspettato due strade piú in là e facemmo insieme l'ultimo tratto fino ai Cortili. Il tepore primaverile ci sembrò all'improvviso soffocante. Zio Szabó teneva le mani in tasca, preoccupato, e Nikolai si limitava a tossire di tanto in tanto. Avremmo dovuto lavorare a Fog Grey, e mostrare le prime tavole finite allo Zio, ma non toccammo nemmeno l'argomento. Solo quando Zio Szabó si congedò, a Nikolai tornò la voglia di parlare, forse perché si vergognava dello scatto di ira che aveva avuto pochi minuti prima.

– Ci vediamo, Zio.

– A domani.

Si sfiorò la fronte con due dita, e si allontanò.

– A domani! A domani! – sbottò Nikolai, sotto al sole. – Quel verme! Domani non vorrai davvero prestargli l'Eternauta, vero?

– Guarda che quella del prestito è stata una tua idea.

– Ma non a Lajos!

– Si può sapere che cosa ti ha fatto, di tanto grave?

– Puah!

Nikolai sputò a terra. Io preferii non insistere, limitandomi a camminare con le mani in tasca. Sotto molti punti di vista Nikolai e Lajos si assomigliavano: erano entrambi molto intelli-

genti, determinati, ma se Nikolai poteva sembrare furbo e sfacciato, Lajos era di sicuro un opportunista e un pianificatore. Il loro modo di comunicare era sempre lo stesso: Lajos provocava, e Nikolai reagiva. Il primo sapeva esattamente come e dove colpire, e il secondo non riusciva mai a trattenersi. Cercavano di evitarsi il piú possibile, ma erano costretti a entrare in contatto per colpa mia, che facevo un po' da ago della bilancia.
«Non fidarti di lui» mi diceva Nikolai.
«Ci parli ancora, con il tuo amico invisibile?» mi domandava Lajos.
La questione tra loro era ancora piú complessa di quanto immaginavo e ne facevano parte anche le loro famiglie: sapevo che i genitori di Nikolai e quelli di Lajos si conoscevano. I loro padri avevano frequentato lo stesso corso per diventare poliziotti. Poi si erano divisi: il padre di Nikolai era diventato l'assistente di un personaggio importante del Partito, che lo costringeva a viaggiare molto, mentre quello di Lajos era entrato a far parte dei centomila poliziotti che pattugliavano stancamente le strade della città. A quanto avevo capito doveva essere successo qualcosa tra loro, che poi era continuato con i figli.
Non immaginavo, però, che la principale vittima del loro scontro sarei stato io.
Cosí come non immaginavo di incontrare, sotto casa, mio padre insieme al signor Kádár.

Mi mancò semplicemente il fiato.
Erano uno di fronte all'altro, entrambi sorridenti. Uno strano sole pioveva dall'alto, facendo luccicare in modo impietoso le finestre tutte uguali dei nostri appartamenti.

Formicai.
Quando Nikolai e io sbucammo dal passaggio che collegava i vari cortili, vidi chiaramente mio padre sollevare il braccio destro, incontrare quello del signor Kádár e stringergli la mano. Lo vidi dargli una pacca sulla schiena.
– Oh oh, – commentò Nikolai, preoccupato quanto me di quello che stava vedendo.
Io non dissi niente. Non avevo un'idea chiara.
Ma era come se vedessi per la prima volta insieme le due persone che maggiormente detestavo.
Il rapporto con mio padre era sempre stato inesistente, un campo minato in cui bisognava aggirarsi facendo attenzione a non far esplodere le bombe parzialmente sepolte. Mio padre aveva un passato di cui non parlava mai, ma che di tanto in tanto deflagrava, al minimo gesto sbagliato mio o di mia madre. Non era un segreto: lui sapeva perfettamente di non piacermi e io sapevo che mi considerava una specie di matto, ma nessuno di noi due faceva un passo per migliorare la situazione. Ci accontentavamo di uno stallo che lasciava entrambi sulle proprie posizioni.
Il fatto che mio padre non fosse il mio vero padre era il nostro segreto di famiglia: non l'avevo detto a nessuno, nemmeno a Nikolai.
Era un uomo che sorrideva troppo poco, per essere un buon padre. E che non mi era mai stato d'esempio in nulla. Un uomo che dovevo schivare, per non rimanere contagiato dal suo pessimismo.
Il signor Kádár, invece, era la persona di cui avevo paura. Ero consapevole della sua doppia identità, del suo lavoro sotterra-

neo nel Dipartimento III/III della Polizia Segreta, e avevo ormai architettato una teoria incrollabile sul suo coinvolgimento nella scomparsa del signor Francia Kiss.
Sospettavo di lui in modo paranoico, e fui quindi particolarmente colpito dall'aver assistito a quell'atteggiamento amichevole.
Mi ricordai della frase sibillina del signor Kádár di qualche settimana prima: «Se tuo padre ti vuole sgridare, digli di non farlo. Digli che glielo dico io».
Perché? mi domandai.
– Sándor! – mi salutò mio padre, accorgendosi del nostro arrivo.
Il signor Kádár si divincolò dalla sua stretta di mano come se fossero manette.
– Conosci il signor Kádár? – ci presentò inutilmente mio padre.
– Ma certo, Vírag, che ci conosciamo... – intervenne il signor Kádár, cercando qualcosa in tasca. Una sigaretta, con tutta probabilità.
Aveva chiamato mio padre per nome, come fanno gli amici.
Li studiai di sottecchi. Mio padre, il signor Kádár. Per quale motivo si erano stretti la mano?
Lui non fece il gesto di volermi dare la mano e io non mi mossi. Accanto a me, la bicicletta di Nikolai sembrava un mammuth sorpreso dalla glaciazione.
– Il pranzo è pronto, Sándor, – mi disse mio padre. E poi aggiunse, a beneficio del signor Kádár: – Vuoi unirti a noi?
Gli dava confidenza! Lo stava invitando a casa. A casa nostra!
Mi sentii mancare. Pensai alla mia collezione di fumetti na-

scosta dietro alla trave, ai miei soldi, ai miei progetti e immaginai gli occhi astuti del signor Kádár che si aggiravano per la stanza.

Pensai al signor Francia Kiss.

A me.

Al fumetto di Nikolai.

Ed ebbi paura.

Era assurdo, talmente assurdo che avrei dovuto ammetterlo e pensare ad altro, ma invece non riuscivo a fare a meno di tremare.

– Ti ringrazio, Vírag... ma... ho un altro impegno per pranzo... – rispose il signor Kádár. – Un affare interminabile, – sottolineò. – Da cui preferirei stare fuori, ma...

Che genere di affare? Pensai intensamente. Chi devi interrogare? Che impegno hai, di tanto importante? E perché vorresti starne fuori?

Sentii Nikolai muoversi accanto a me. Era a disagio almeno quanto lo ero io e, come me, avrebbe preferito essere da tutt'altra parte.

Fog Grey si nascondeva nella nebbia. Era abilissimo a scomparire. Era scomparso nel Labirinto che si trovava sotto ai nostri piedi, senza identità, senza passato e senza futuro. Si era nascosto cosí bene che anche la Morte l'aveva perduto. Per questo Fog Grey era sopravvissuto: perché si era perduto oltre ogni possibilità di tornare indietro.

Wow, pensai, con un tuffo al cuore che mi fece quasi male.

– Affari, affari... – commentò mio padre, secondo me con un po' di invidia. – Non hai mai un minuto libero.

– Alla prossima.

Il signor Kádár si allontanò.
Mio padre mi fece segno di salire a casa insieme a lui.
– Vengo tra un attimo, – gli risposi io.
Dovevo assolutamente raccontare quelle nuove idee a Nikolai, prima di dimenticarle per sempre.
Avevo le labbra secche.
Mio padre esitava.
– Comincia ad andare tu. Io salgo subito. Mi metto d'accordo per i compiti di oggi pomeriggio...
Ma in realtà pensavo al vuoto che sentivo nello stomaco e a quello che doveva aver provato Fog Grey, quando l'avevano torturato. E pensavo: il dolore. È stato il dolore, a permettergli di scomparire.
Mio padre si strinse nelle spalle. – Non metterci troppo. Io vado su.
Sparí nel vano delle scale, dalla parte opposta rispetto a dove si era allontanato il signor Kádár.
Una volta rimasti soli, ci sentimmo addosso tutti gli occhi delle persone nascoste dietro alle finestre. Nikolai legò la bicicletta nel solito angolo del cortile.
– Di cosa stavano parlando, secondo te? – gli domandai.
– Non lo so. Di andare a pesca?
Scossi il capo. – Questa cosa degli affari...
– Cosa?
– Ci ha mentito.
– Dici che non deve andare a pranzare con qualcuno?
– Secondo me... no.
– E dove sta andando, allora?
– Non ne ho idea.

– Seguiamolo, – mi propose Nikolai.
Lo guardai, indeciso.
– È l'unica occasione che abbiamo.
Annuii. Nikolai aveva ragione.
Nascondemmo dietro alla bicicletta i nostri zaini di scuola e poi uscimmo di corsa dai Cortili, alla ricerca del signor Kádár.

– Laggiú, – mi sussurrò Nikolai, in via Dob.
Mi indicò il signor Kádár che camminava una cinquantina di passi davanti a noi. Vidi la sua schiena. Vidi le sue scarpe lucide e il suo passo svelto. Era diretto a nord, verso viale Andrássy. Ci schiacciammo contro il muro, spalla contro spalla. Eravamo elettrizzati. Ancora qualche passo e poi: – Andiamo, – decisi.
E ci avviammo dietro di lui. Era la prima volta che seguivamo qualcuno, ma era come se l'avessimo sempre fatto. Ci specchiavamo nelle vetrine, per essere sicuri di essere davvero noi.
Il signor Kádár procedeva senza esitazioni, senza mai voltarsi indietro. Non pensava di avere qualcuno alle sue calcagna. Svoltò a sinistra in via Akácfa, a destra in via Király e di nuovo a sinistra in via Kertész.
Noi gli stavano dietro di cinquanta passi. Eravamo due ragazzi e nessuno badava realmente a noi.
Da via Kertész il signor Kádár proseguí dritto in Liszt Ferenc, dove la via si apriva in un viale alberato, con un piccolo parco.
– Dài, dài! Lo perdiamo!
Facevamo piccole corsette e poi ci fermavamo. Era un'emozione contagiosa. Ci sentivamo dentro a un'avventura dai con-

torni indefiniti, un qualcosa che avevamo creato noi stessi, di cui stavamo cogliendo la reale portata. Forse non immaginavamo di scoprire davvero qualcosa, ma eravamo convinti della necessità di farlo.

All'incrocio con via Paulay, il signor Kádár si fermò.

C'era un locale spoglio, ma piuttosto frequentato. Mi spostai tra gli alberi del viale per leggerne il nome: Menza Etterem. Aveva alcuni tavolini messi fuori, al sole, e gente che mangiava. Eravamo a pochi isolati dalle vie principali di Budapest. A meno di cento metri dalla piazza dell'Opera.

– Non è un dottore... – mormorai.

Ci nascondemmo tra gli alberi, cercando di capire cosa stesse facendo. Vidi il signor Kádár chiedere qualcosa a un cameriere.

– Attenzione: esce! – osservai, allarmato.

Ci accucciammo dietro a un tronco. Contammo fino a venti, poi sbirciammo. Il signor Kádár aveva seguito il cameriere fino al tavolo dov'era seduta un'altra persona. Un uomo anonimo, in grigio, con una valigetta nera incastrata sotto alla sedia.

Osservammo i due mentre si salutavano piuttosto freddamente. Si sedettero, ordinarono.

Il signor Kádár non si guardò mai in giro e cosí fece anche l'altro. Erano tranquilli, quasi supponenti.

Chi poteva essere? Un altro dottore? Il suo superiore? Un cliente? Un poliziotto?

L'uomo in grigio poteva avere la stessa età di mio padre, i capelli radi, una vistosa stempiatura che provava a nascondere con un riporto. Indossava un giacca a quadretti di due diverse tonalità di grigio, e aveva due vistosi baffi che gli nascondevano le labbra.

Non appena il cameriere li lasciò soli, i due cominciarono a parlare. Prima uno, poi l'altro, non si sovrapponevano mai, ma dimostravano di avere qualcosa di importante da dirsi.

Non tardarono ad accendersi le sigarette, e continuarono a fumare anche quando arrivò la prima ordinazione.

– Ci siamo... – mormorò a un certo punto Nikolai, gli occhi brillanti per l'emozione.

Il signore con i baffi aprí la sua valigetta e ne tirò fuori una cartellina scura, piena di documenti. La posò sul tavolo in mezzo a loro e ne mostrò il contenuto al signor Kádár.

Poteva esserci qualsiasi cosa dentro a quella cartellina, ma per noi quei fogli scambiati erano la prova che ci serviva. Era un dossier. Una cartellina d'indagini. Il signor Kádár era davvero un agente del Dipartimento III/III!

– Un incontro in luogo pubblico... – dissi a Nikolai. Tutto alla luce del sole.

– E chissà invece di cosa stanno parlando.

Studiai la loro posizione, con la mia fantasia che galoppava e creava nuove ipotesi di complotto. Il tavolo che quei due avevano scelto era all'aperto, in una posizione d'angolo, da cui potevano sorvegliare tutti gli altri clienti del locale. Era comodo per alzarsi di scatto e dileguarsi rapidamente. Era il piú vicino alla strada. Un tavolo da spie, decisi.

Leggevano e commentavano i fogli del dossier.

– Forse dovremmo avvicinarci per provare a sentire qualcosa... – propose Nikolai.

Era fuori discussione: non eravamo attrezzati per quel genere di cose. Avremmo dovuto avere con noi una macchina fotografica, scattare cento foto. Poi avremmo dovuto svilupparle, ingrandirle e scoprire cosí che cosa c'era scritto sui fogli. Avremmo dovuto avere un complice tra i camerieri del Menza, con un registratore sotto alla giacca. Dovevamo averne già piazzato un altro sotto al loro tavolino e registrare ogni singola parola. Bibo doveva già essere seduto a un tavolino di formica, con le cuffie sulle orecchie, a prendere nota dei passi salienti su un blocco a quadretti.

Questo avremmo dovuto fare.

E invece ci limitammo a restare nascosti nel parco, a guardare cosa facevano.

Provammo a indovinare cosa si erano fatti servire.

– Zuppa di gulasch, – osservò Nikolai.

Provammo a indovinare chi fosse il misterioso uomo con i baffi.

Provammo a indovinare cos'altro c'era nella sua valigetta.

Poi controllai l'ora.

Mi venne male alle ginocchia. Sentii le gambe che formicolavano, come quando ci eravamo nascosti al Caffè degli Artisti. E immaginai che anche Nikolai fosse infastidito dal dover rimanere cosí a lungo con le mani in mano. Ma questa volta il mio amico non fece pazzie, e resistette, immobile come me, per tutta la durata del pranzo.

Durò quasi due ore.

Poi si alzarono, il signor Kádár insistette per pagare il conto, ma l'altro non ne volle sapere. Mostrò il portafoglio al cameriere e, senza tirare fuori nemmeno una banconota, lo salutarono.

– Hai visto? – mi sussurrò Nikolai.

Avevo visto. Ci nascondemmo di nuovo dietro all'albero, per evitare di essere scoperti. Quando tornammo a osservare la strada, scoprimmo che l'uomo con i baffi si era dileguato.

Un attimo dopo, il signor Kádár fermò un taxi, disse qualcosa all'autista e ci salí sopra.

Quando aprii la porta di casa, era pomeriggio inoltrato.

Capii immediatamente che qualcosa non andava. L'aria era pesante, immobile, chiusa. Lasciai cadere lo zaino di scuola accanto all'appendiabiti, mi richiusi la porta alle spalle, poi proseguii fino alla cucina.

Mi bastò un'occhiata. Mio padre era seduto a capotavola, e mi stava guardando. Non si era ancora cambiato: indossava gli stessi vestiti di quando aveva saluto il signor Kádár.

Il tavolo era apparecchiato per tre. Davanti a lui, ma dal lato opposto, c'era una zuppa di pollo e funghi.

– Sándor, – sibilò mio padre. – Il tuo pranzo.

Mi fermai, raggelato. Non ci voleva molto a capire che era rimasto per tutto quel tempo seduto a tavola ad aspettarmi, e che era furioso.

Mi indicò il piatto freddo di zuppa e mi invitò a sedermi. – Arrivo subito? Comincia ad andare? Lo sai che ore sono?

– Mi dispiace, papà...

– SAI che ore sono?

Controllai l'ora. Era tardi. Terribilmente tardi.

– Io non...

– Siediti, – mi ordinò.

Dov'era mamma? Perché faceva cosí freddo?

– SIEDITI, – ripeté mio padre.
Mi sedetti.
La sedia mi sembrava uno scheletro umano. Avevo la sensazione che si potesse frantumare da un momento all'altro.
– Papà...
– Mangia.
Appoggiai le mani sul tavolo. – Mi dispiace, davvero, non me ne sono accorto. Sono rimasto con Nikolai...
– Di nuovo questo Nikolai! Mangia!
Presi la forchetta. L'avvicinai al piatto. I funghi erano lucidi, viscidi. Le chiazze d'olio del sugo sembravano amebe.
– Non ho fame.
Mio padre mi guardava con occhi fiammeggianti. La luce della finestra dietro di lui ingigantiva la sua sagoma. Era diventata massiccia, possente, e il suo volto pareva di pietra screpolata, come Ben Grimm, dei Fantastici Quattro. Solo che Ben mi faceva ridere con le sue battute, mentre mio padre, a capotavola, a troppo poca distanza da me, poteva essere il mio peggior nemico.
– Invece sí che hai fame... – disse. – Tua madre ha cucinato per te. E adesso tu mangi tutto quello che ti ha preparato.
Infilzai un fungo. Emise una sorta di gemito e si afflosciò come un palloncino bucato. Dalle ferite cominciò a trasudare una bava limacciosa.
– Sono freddi... – dissi.
– Non lo erano, quando dovevi venire a mangiare...
– Nikolai...
– NIKOLAI non c'entra! – esclamò mio padre, battendo il pugno sul tavolo.

Chiusi gli occhi e incassai la testa tra le spalle. Aspettai che l'eco di quel rumore fragoroso si disperdesse nella cucina, poi li riaprii.

– Mi hai detto: «un attimo». E io ti ho creduto, – continuò mio padre. – Sono venuto a casa. Ho detto a tua madre che stavi salendo. Ti ho aspettato. Ti abbiamo aspettato.

– Dov'è la mamma?

Lui ignorò la mia domanda. – E poi, dato che non venivi su, ti abbiamo chiamato dalla finestra. Ma, indovina un po'? Non c'eri già piú.

Sentivo lo stomaco che si stringeva. Ti prego, basta, pensai, fissando i bocconi di pollo che galleggiavano nel sugo come animali ancestrali.

– Allora sono sceso a cercarti. E non ti ho trovato. Ma ho visto che la bicicletta era nell'angolo e...

– Papà...

– Cosí sono anche andato dal tuo amico. Ho bussato e ho chiesto di te.

I genitori di Nikolai erano a casa? mi domandai, stupito.

– Mi hanno aperto i suoi nonni. Il tuo amico era in casa che mangiava. Ma nessuno di loro sapeva dove fossi.

Zio Szabó. Era andato a cercarmi da Zio Szabó.

– E sono andato anche dall'altro, come si chiama?

– Nikolai.

– L'altro!

– Bibo.

– E nessuno di loro sapeva dove fossi. Strano, vero? Di solito siete sempre insieme. Avete sempre cosí tante cose da fare, eh? Tanto da parlare, da leggere, da perdere tempo... a voi cosa

importa? C'è sempre qualcuno che pensa a voi, che cucina per voi, che si spacca la schiena per voi, non è vero?
Sentii un rumore, mi voltai. Dove era finita la mamma?
– Sto parlando con te, Sándor!
Tornai a guardare la zuppa.
– E quindi ecco il tuo pranzo, figliolo. Come tutti gli altri giorni. Non ti abbiamo mai fatto mancare niente. Non hai mai saltato un pasto, come invece è successo a noi. A tua mamma e a me. Tu sei un ragazzo fortunato. Non sai cosa significa patire la fame, tenertela per giorni, non riuscire a dormire per i crampi, sognare di mordere una patata cruda, qualsiasi cosa, pur di mangiare. Lo capisci? Puoi capirlo?
– Adesso stai esagerando, papà. Abbiamo solo...
– Cosa hai detto?
– Ho detto che stai esagerando.
– Ripetilo.
– Ti chiedo scusa, non volevo. Ma non ho fatto niente di male.
– Sto esagerando, dici? Tu non sai nemmeno cosa significa esagerare, ragazzo. E forse è il caso che cominci a capirlo: perché sei tu, che stai esagerando!
Riappoggiai il fungo nel piatto.
– No, – mi bloccò mio padre. – Quello non torna nel piatto. Lo mangi, cosí com'è.
Gli ubbidii. Feci un solo boccone, stritolando il fungo sotto i denti. Poi feci il gesto di alzarmi.
– Tutto il piatto, – mi ordinò lui.
– Non... posso... – gemetti. – Sono...
– Come sono? Vuoi dirlo a tua madre, come sono?
– Dov'è la mamma?

– A letto, – rispose lui.
– E perché è a letto?
– Si è sentita poco bene.
Sentii la voce di mio padre che si incrinava, e capii che non mi stava dicendo tutta la verità. Mia mamma non si era sentita poco bene. C'era dell'altro.
Venni afferrato da un improvviso senso d'urgenza, e di paura, e mi alzai di scatto da tavola.
– Finisci di mangiare.
– Dov'è la mamma? Voglio vederla! – esclamai.
Che cosa era successo? Che cosa stava succedendo?
– STAI SEDUTO A TAVOLA! – urlò mio padre.
Sentii la sua voce come un'esplosione, come se tutta la cucina fosse piena di cocci di vetro. Mi sentivo tagliare, ero al tempo stesso colpevole e vittima. E avevo paura.
– FINISCI QUELLO CHE HAI NEL PIATTO!
Con uno sforzo terribile lo ignorai e corsi in camera dei miei genitori. Aprii la porta, ma lo feci con troppa forza, come se mi fossi aspettato di trovarla chiusa.
La porta mi sfuggí di mano e sbatté contro il muro.
– Sándor? – gemette mia madre tra le lenzuola.
Era tutto buio. Tutto completamente buio. Mia mamma dormiva in una prigione di buio. Dalla finestra non filtrava nemmeno uno spiraglio di luce. Qualcuno aveva appeso alle finestre un paio di lenzuola spesse.
A mia mamma faceva male anche il minimo raggio di luce, ma io non lo avevo capito. Non avevo capito niente. Niente di niente.
– TORNA A TAVOLA!

Non mi interessava la tavola. Volevo vedere mia mamma.
Feci un paio di passi nella stanza.
Volevo essere sicuro che lui non l'avesse picchiata.
– Che cosa succede? – mi domandò lei, con la voce impastata dal sonno.
Al buio, il volto di mia madre sembrava un frutto disseccato. Gli occhi erano enormi e sofferenti, ma non aveva lividi, o tagli.
– Mamma! Volevo vedere come stavi...
Il tavolo della cucina si spostava, sentii i passi di mio padre nel corridoio, lo vidi arrivare alle mie spalle.
Mia madre sorrise.
– Sto bene, – mentí.
– SÁNDOR! – gridò mio padre. – TORNA SUBITO QUI!
– Va tutto bene, Vírag! – mentí di nuovo mia madre. – Mi ero già svegliata.
Ma non gli bastò. Mio padre mi afferrò e mi trascinò fuori.
– TI HO DETTO DI TORNARE A TAVOLA!
– Vírag!
Incombeva sopra di me. Occupava tutto lo spazio del corridoio.
– Non esci dalla cucina fino a quando non hai finito tutto!
– Non puoi costringermi a farlo, – gli risposi.
Lo vidi ondeggiare. Vidi ondeggiare l'intero corridoio. L'intero palazzo.
– Sándor, attento che...
– Tu non sei mio padre.
Mi colpí con uno schiaffo e caddi a terra. Mia madre gridò. Le lenzuola frusciarono come ali di corvo.

Sbattei la testa contro il pavimento. Un rintocco di campana. Ma non mi fece male.
Rimasi immobile, senza fiato, scioccato.
Bruciavo per la sorpresa.
E rimanevo immobile.
Li sentii gridare, tutti e due.
Arrivarono altri ordini.
TORNA. FINISCI. MANGIA. VAI.
Mi sollevai in piedi.
Ricacciai indietro le lacrime. Evaporarono.
Mio padre era gigantesco. E sbraitava.
Non gli lasciai il tempo di ordinarmi di andare in camera.
Ci andai da solo e feci scattare la serratura di sicurezza che mi ero costruito con Zio Szabó.
Le mie orecchie rimbombavano ancora dell'eco dello schiaffo.
– Ti odio, – dissi, nascondendomi sotto alle coperte.
Tenevo gli occhi serrati. Un pulviscolo dorato mi danzava sotto alle palpebre. Il volto di mio padre si sovrappose a quello del signor Kádár.
La nuova figura si inumidí le labbra come faceva Lajos.
– Vi odio. Vi odio tutti, – dissi, prima di abbandonarmi, stremato, a ciò che mi aspettava.

Piú tardi, molto piú tardi, sentii bussare.
Lievemente.
Alla porta.
Aprii gli occhi. Era già tutto buio. Avevo dormito? Per quante ore?
Ricordai lo schiaffo, le grida, la litigata, ricordai che...

– Sándor? – domandò la voce di mia mamma, dall'altra parte della porta.

Mi riscossi.

– Sándor? Stai bene?

Ci pensai un istante prima di risponderle. Stavo bene, sí. O almeno cosí mi sembrava. Ma quando guardai il letto, mi spaventai. C'era una macchia rossa, sul cuscino, là dove avevo affondato il capo: una macchia di sangue.

Avevo perso sangue dal naso.

Mi tastai le narici, e mi ritrovai a fissare il mio polpastrello rosso fuoco.

Ma non mi faceva male.

– Sándor? Ti prego, rispondimi.

Scesi dal letto e mi accorsi di avere ancora le scarpe ai piedi. Me le sfilai facendo leva sui talloni e le lanciai lontano, sotto al tavolo, e poi mi avvicinai alla porta.

Feci scattare la serratura.

– Oh, meno male! – sospirò mia mamma.

Tirai su con il naso. – Che ore sono?

– Le dieci, – rispose lei.

Il corridoio di casa era illuminato fiocamente. Mia mamma indossava lo stesso pigiama che le avevo intravisto quando l'avevo svegliata.

Aveva in mano un piatto di patate fumanti, con un ricciolo di margarina che si stava fondendo sopra.

– Ho pensato che avessi fame... – mi disse.

– Lui dov'è? – domandai. Ma avrei potuto rispondermi da solo, dato che potevo sentirlo russare in camera sua. Dov'era finita, la sua famosa insonnia?

– Lui è tuo padre, Sándor.
Ci guardammo. Lei era triste. Io astioso. E anche se sapevamo che quella non era la verità, era comunque la nostra verità. La mia e di mia madre.
Mi scostai dalla porta e la feci entrare.
Il suo pigiama si accese nel passare accanto alle mie mani. Il tessuto sintetico produsse minuscole fiammelle elettriche, che nel buio della casa crepitarono come esili fuochi artificiali.
Mia mamma si chiamava Sofia. E Sofia era una parola greca che significava «saggezza». O «sapienza», non lo ricordavo bene. Qualunque fosse il significato del suo nome, si sedette sul bordo del letto e mi porse il piatto di patate fumanti.
Girai il cuscino prima che si accorgesse che era macchiato e mi sedetti accanto a lei. Cercai un fazzoletto per ripulirmi il naso e poi lo feci con la manica della maglietta. Il buio era un ottimo complice. Mettemmo il piatto sulle lenzuola, a metà tra noi, e mangiammo in silenzio, come vecchi camerati.
Di tanto in tanto, mia mamma tossiva. Ma anche quel segnale mi fu indifferente. Ero come una nave che puntava sugli scogli ignorando gli allarmi di tutti i fari.
Una nave con un capitano invisibile.
– Lui non è cattivo, Sándor... – disse mia mamma, a un certo punto.
– No?
– Ti ha fatto male?
– No.
– Non voleva picchiarti.
– Però l'ha fatto.

– Tu gli hai detto che non poteva darti ordini. Che non è tuo padre.
– Ma è vero.
Mia mamma tossí. – È vero che non è tuo padre. Ma non che non può darti ordini. Sta cercando di crescerti cosí come faccio io. Lo stiamo facendo insieme, e non è facile. Tuo padre... Vírag, è molto preoccupato per te. Devi provare a capirlo.
– E lui quando... capirà me?
– Non appena gliene darai la possibilità.
Ridacchiai, nervoso, e mia mamma continuò: – Sei sempre cosí duro con lui. Quando arrivi a casa non sorridi mai. E te ne vai dai tuoi amici appena ne hai la minima possibilità.
– Io e Nikolai stiamo facendo una cosa fantastica... – dissi.
– E hai tutto il diritto di farlo. Solo...
Esitò.
– Solo cosa?
– Solo che sei molto cresciuto, Sándor. Ora sei praticamente un uomo. Lo sai, questo?
Mentre lo diceva, mi venne quasi da ridere: su quali basi mia mamma mi considerava praticamente un uomo? Cosa sapeva di me? E cosa, soprattutto, non sapeva?
Non sapeva dei soldi che tenevo nel barattolo di conserva. Non sapeva della mia collezione di fumetti, né che ne stavo inventando uno con Nikolai. Non sapeva che sospettavo che il signor Kádár fosse implicato in loschi affari, e che l'avevo seguito all'appuntamento con l'uomo con i baffi. Non sapeva che con Nikolai, Bibo e Zio Szabó eravamo stati una notte al Caffè degli Artisti, e avevo assistito allo spettacolo degli adulti che cercavano di divertirsi.

Mia mamma non sapeva niente, eppure sapeva tutto. Mi sfiorò con la mano.

– So che posso contare su di te. E mi fa sentire meglio, – disse.

Contare su di me? E per fare cosa?

– Hai imparato tanto. Sai badare a te stesso. A scuola hai ottimi risultati e passerai l'esame di fine anno senza problemi. Sai anche cucinare... – mi sorrise.

Era uno scherzo, naturalmente, perché solo qualche giorno prima avevo bruciato un pollo con paprika e peperoni, che però, nonostante il mio intervento, era risultato commestibile e piccante al punto giusto.

– Tuo padre ti vuole molto bene, Sándor, – continuò Sofia.

– Davvero. Anche se non riesce a dimostrartelo. Anche se...

– Anche se ci picchia?

– No! – rispose lei. – Non mi ha picchiata –. Fissava le sue stesse mani, indecisa. – Non piú, – ammise, con un soffio di voce. – È molto tempo che non lo fa... È migliorato molto. È un uomo migliore di quello che ho conosciuto un tempo, sai?

Mio padre e mia madre si erano conosciuti per volontà del delegato di Partito del nostro quartiere. Poco dopo la mia nascita il mio vero padre era morto. Mia mamma era ancora una bella donna, era molto giovane, e non c'era ragione per cui dovesse vivere da sola nel nostro appartamento. Cosí le avevano fatto conoscere mio padre, che era molto piú anziano di lei e aveva avuto una modesta carriera come soldato di non so quale divisione dell'esercito. Non si era mai sposato. Il delegato del Partito aveva combinato il matrimonio, garantendo a mia

madre un reddito e una pensione, e a mio padre un appartamento e una donna che si prendesse cura di lui.
Fine della storia d'amore.
– E tu? – le domandai. – Tu gli vuoi bene?
– Sí! – mi rispose lei, con un po' troppa precipitazione per risultare credibile. – E devi volergliene anche tu. Devi, hai capito? Lui fa quello che può. Quello che riesce.
Non riuscivo ad afferrare il senso di quel discorso. Mia mamma stava usando la nostra naturale complicità per comunicarmi qualcosa che non capivo. Stava cercando di convincermi di qualcosa di cui nemmeno lei era davvero convinta, ma di cui sentiva l'urgenza. Perché? Perché quel discorso? Perché stava insistendo a dipingere mio padre per quello che non era? E perché proprio adesso?
L'avrei capito molto presto, ma non lo capii quella sera. Quello che successe fu che si sciolsero i nodi di odio che mi si erano allacciati dentro. Mi abbandonai contro la parete della mia camera e sospirai. Sospirai profondamente. – Io vorrei solo... poter parlare con lui... come facciamo adesso noi due.
– Questo non sarà mai possibile, – sorrise mia madre. – Ma può esserci un altro modo. Potete trovare un modo vostro di parlare.
Annuii, poco convinto.
– Non devono esserci segreti tra noi, Sándor, – aggiunse mia madre facendomi rabbrividire. Ancora non lo sapevo, ma mia madre mi stava dando un consiglio che lei stessa non riusciva a seguire.
Io pensai ai miei, di segreti. Guardai verso la cassaforte nascosta dietro all'asse del tetto e per un istante accarezzai l'idea

di parlargliene, di approfittare di quel momento magico per farle capire quanto mi fidassi di lei, quanto le volessi bene e mi piacesse l'idea di sentirla vicina come la migliore dei miei complici.

Ma l'istante passò, e l'attimo giusto svaní.

Successe la stessa cosa anche a lei, e si morse leggermente il labbro, quando, esattamente come avevo fatto io, si lasciò sfuggire l'ultima occasione di svelarmi il segreto che non aveva ancora avuto il coraggio di raccontarmi.

# 13. La seduzione degli innocenti

All'alba del giorno dopo scostai il lungo asse dall'angolo di soffitto. Con un filo di luce individuai il fumetto dell'Eternauta all'interno della scatola di cartone, lo sfilai da sotto agli altri e me lo arrotolai nel giaccone. Era in un formato insolito, diverso dagli albi americani.

Feci scivolare i quattro fiorini di Lajos dentro al barattolo di conserva, poi richiusi ogni cosa per bene. Spostai la sedia dall'angolo opposto della stanza, uscii dalla camera e andai in bagno. Mi lavai in modo sbrigativo con l'acqua fredda che usciva dal tubo snodabile, poi mi specchiai.

Mia mamma aveva ragione: ero cresciuto.

Faticavo quasi a riconoscermi: le mie spalle si erano allargate e il torace si era irrobustito. C'erano vene azzurre che si gonfiavano sulle mie braccia, quando stringevo i pugni. Non ero piú lo stesso io che conoscevo bene.

I capelli gocciolavano nel lavandino, ma indugiai ancora nel mio riflesso. Mi piacevo, anche se non ero bello, ma mi piacevo perché vedevo qualcuno, in quello specchio, qualcuno di diverso da tutti gli altri.

Avevo un lungo segno rosso lungo la guancia, appena sotto il naso, là dove l'anello di mio papà mi aveva graffiato. Ci passai il dito sopra, come un esploratore titubante, e poi pensai:

«Fog Grey deve avere delle cicatrici. Una per ognuna delle torture a cui è sopravvissuto. E una in viso».
Avrei dato a Nikolai istruzioni precise: la cicatrice di Fog Grey sarebbe stata lunga come il mio graffio. E altrettanto invisibile.
– In condizioni normali... Ma quando Fog non riesce a trattenere il suo istinto di vendetta... – continuai a voce alta, – la cicatrice comincia a pulsare. Diventa visibile, e allora i suoi nemici capiscono che è giunto il momento della loro fine.
Wow.
Tornai di colpo alla realtà.
Stavano bussando alla porta del bagno.
Era mio padre.
Rimanemmo uno di fronte all'altro in un silenzio imbarazzato. Poi ci rifugiammo in una delle nostre consolidate formule di fuga, di quelle che possono funzionare solo tra uomini.
– Hai finito? – mi domandò papà.
– È tutto tuo, – gli risposi, abbandonando il bagno.
Semplice. Chiara. Efficace.
Ecco come si fa, a non parlare con reciproca soddisfazione.

Arrivai a scuola con un'ora di anticipo, e senza sospettare niente. Ingannai il tempo compilando una lista dei fumetti della mia collezione che ero disposto a prestare.
Scelsi:

i primi quattro numeri di Crisi sulle Terre infinite, della DC Comics, di Wolfman e Pérez;

*Il ritorno del Cavaliere Oscuro* di Frank Miller;

il Daredevil di Bill Sienkewicz;
i numeri 1, 3, 6, 7, 10, 12 di Watchmen, di Alan Moore;
il numero 21 di Spider-Man, dove Peter Parker sposa Mary Jane Watson;
i numeri 3 e 9 di Secret Wars, della Marvel;
il numero 2 di American Flagg! di Howard Chaykin.

Smisi all'arrivo dei miei primi compagni di scuola, ripiegandomela in tasca.
– Sándor...
– Ciao.
– Ragazzi...
Cominciai a scribacchiare altri appunti per Fog Grey, facendo bene attenzione che fossero comprensibili solo a me. Rimasi seduto al banco salutando questo e quello, o guardando fuori dalla finestra. Quando non scrivevo rimuginavo in modo confuso sulla nottata appena trascorsa e sulle parole di mia mamma.
I miei compagni parlottavano del piú e del meno, della difficoltà di un certo compito a casa, di una partita di calcio o del fatto che i loro genitori tifassero per Gorbačëv, il presidente dell'Unione Sovietica, che stava facendo grandi cose. Secondo buona parte della mia classe, però, queste grandi cose erano in peggio.
Io non sapevo di cosa stessero parlando, e non captai nessun avvertimento dai loro discorsi. Con mio grande stupore, notai solo che quella mattina Lajos non venne a scuola.
Facemmo una prima ora di lezione di matematica, con i numeri che si incolonnavano alla lavagna come un'incomprensibile calligrafia antica.

Poi la porta della nostra classe si socchiuse e il bidello comunicò una notizia al professore, bisbigliandogliela nell'orecchio. Guardai fuori dalla finestra, e fui riportato all'ordine dal mio professore.

– Sándor Földesi? – mi chiamò.

Mi voltai di scatto. – Professore?

Il mio professore di matematica era un vecchietto senza capelli, che indossava un completo di lana per tutte le stagioni, rianimandolo con discutibili cravatte colorate.

– È convocato in presidenza, – disse il professore.

Mi ritrovai in piedi come un pesce appena preso all'amo.

– Che cosa ho fatto? – domandai.

Il professore scosse il capo. – Non saprei dirglielo, signor Földesi. Ma credo sia necessario che porti con sé il suo zaino.

Lo sollevai a stento, anche se era mezzo vuoto.

Attraversai la classe circondato da un fitto bisbiglio.

Un attimo prima di uscire, vidi il banco vuoto di Lajos.

Provai a estorcere alcune informazioni al signor Morchas, il nostro bidello, ma il pover'uomo non aveva davvero idea del perché dovesse accompagnarmi di sopra.

I nostri passi risuonavano nel vuoto di quei corridoi, sopra le piastrelle bianche e nere che li facevano sembrare smisurate scacchiere.

Avevo incontrato la preside una volta sola da quando frequentavo la scuola di via Práter, e cioè da otto anni, in occasione di una delle tante feste della Repubblica, o della Liberazione, o dell'Armata rossa, o il Compleanno di qualche leader internazionale. Lei era salita su un palco e aveva parlato agli studenti riuniti nel vecchio teatro del quartiere. Lo stesso teatro che l'anno successivo sarebbe stato abbattuto per far posto a un albergo. Da come la ricordavo io, era una donna non troppo alta, con i capelli biondi che le formavano una sorta di scudo dietro alle orecchie. Mi aveva impressionato il numero di anelli che portava alle mani.

Salimmo le scale del secondo piano con una certa, crescente tensione. Il particolare che piú mi dava da pensare era quello dello zaino. Che motivo avevo per doverlo portare con me?

Passammo davanti a una galleria di animali impagliati: falchi, donnole, un cervo, persino la testa di un orso, che spuntava dal muro come se il resto del corpo ci fosse rimasto imprigionato dentro.

– Li deve spolverare tutti i giorni? – domandai al signor Morchas, senza ottenere risposta.

Il bidello si fermò davanti a una porticina con il vetro giallo, smerigliato, e la targhetta: PRESIDENZA.

Bussò lievemente sul vetro e venne invitato a entrare.

– Grazie, signor Morchas, – lo salutò la preside. – Quante volte glielo devo ricordare, però, di non bussare sul vetro?

Il bidello fece un leggero inchino. – Mi scusi, signora.

Ma era come se avesse detto: «Maestà».

– Avanti, – mi ordinò la preside.

E cosí feci il mio ingresso nel suo ufficio.

La prima cosa che mi colpí fu il profumo.

Era dolciastro e pungente, come di fiori macerati nell'alcol.

L'ufficio era avvolto nella penombra, tranne una chiazza di luce attorno alla scrivania. La preside era seduta su una pol-

trona imponente, davanti alla quale torreggiava una lampada verde con la base d'ottone, accesa.
– Venga avanti, signor Földesi... – mi disse. – Si segga, si segga.
Mi indicò una delle due poltrone di pelle vecchia schierate davanti alla scrivania. Le obbedii senza fiatare: mi sedetti, e scoprii che il rivestimento delle poltrone era secco e tagliente, e si screpolava a ogni minimo contatto. Sembravano fatte apposta per costringerti a restare immobile.
La preside stava scrivendo lunghe frasi sibilanti su un enorme registro a righe. Era concentrata come se stesse facendo dei calcoli difficili, e non sembrava minimamente interessata a me.
Mi guardai intorno.
Da un lato c'era un mobiletto di ghisa grigia, con le antine di vetro che proteggevano decine di copie di libri tutti uguali. Dall'altro un basso mobile di legno, punzecchiato da gagliardetti e sormontato da una formazione sterminata di coppe, trofei e titoli sportivi.
Una grande finestra dava sul cortile della ricreazione e, accanto, attraverso una porta socchiusa, si intravedeva un minuscolo bagno. Era da lí che mi pareva venisse quel profumo rancido che mi pizzicava le narici e mi metteva a disagio.
Fog Grey ha la capacità di seguire le sensazioni degli uomini come se fossero odori, pensai. Lui sente l'odore della paura, l'odore della felicità, l'odore del dolore, l'odore dell'odio. C'è solo un odore che non riesce a sentire. Ed è l'odore...
– Lei sa perché è stato convocato qui? – mi distrasse la preside, senza peraltro smettere di scrivere.
– Come dice? – le risposi chiudendo di scatto la bocca. – Oh, ah... no. Non saprei.

Pensai di aver fatto subito la figura dello stupido.
– Non lo immagina neppure?
La sua penna produceva sulle pagine lo stesso rumore di una macchina per cucire. Però metteva anche in soggezione, perché lasciava dietro di sé una linea marcata e nitida. La fissai, incantato dal suo luccicare, e pensai che un giorno mi sarei comprato una penna come quella.
– Di che marca è? – domandai.
Finalmente lei smise di scrivere. – Prego, signor Földesi?
– Mi piace molto la sua penna, – dissi, con un sorriso. – E quando sarò grande mi piacerebbe averne una simile. Le ho chiesto di che marca è.
– È una Parker, – rispose la preside, appoggiandola sul foglio.
Aveva cominciato a scuotere la testa, ma io non avevo potuto fare a meno di pensare a Peter Parker, ovvero Spider-Man, e concludere che quella penna era esattamente ciò che faceva al caso mio.
– Vediamo di non scherzare troppo, Sándor Földesi... – mormorò la preside. – Non è un gioco.
La guardai, sorpreso.
– Come vuole lei.
Appoggiò la Parker accanto al registro, lo chiuse con un gesto maestoso e mi disse: – Ci hanno confidato che lei sta minacciando i nostri ragazzi.
– Confidato cosa?!
La preside aprí un cassetto e ne tirò fuori quattro fumetti. Li riconobbi all'istante: erano gli album di Spider-Man che avevamo venduto a Lajos il mese precedente.
Mentre li allineava sul piano di formica della scrivania, i primi

pezzi del mio mosaico dell'insicurezza cominciarono a incastrarsi tra loro.
– Li conosce, questi? – mi domandò la preside.
– No, – mentii.
– Ne è sicuro?
Annuii. Mi chiusi le mani tra le cosce, e strinsi.
– Li prenda, signor Földesi. Li prenda pure e li sfogli... Forse l'aiuterà a far tornare la memoria...
Liberai le mani dalla morsa delle mie gambe e ne accettai uno. *Morire da Eroe*, disegnato da John Romita.
– Sinceramente... non so di cosa... si tratti...
– Invece io credo che lei lo sappia perfettamente. Sono fumetti americani.
Lo sfogliai.
Guardai Spider-Man prigioniero in una cisterna d'acqua che viene allagata poco per volta dal perfido Kingpin. Un'avventura elettrizzante, perché Spider-Man era prigioniero insieme a Jameson, il direttore del giornale dove lavorava come Peter Parker e doveva riuscire a preservare la sua identità segreta...
– Non ci capisco niente... – commentai, cercando di fingermi ancora piú stupido di quanto non le dovessi sembrare. – Sono tutti scritti in inglese...
La preside ridacchiò. – Ottima interpretazione, signor Földesi. Ma se la può risparmiare.
– Perché? – domandai.
Lo riappoggiai sulla scrivania, sistemandolo al posto giusto ovvero dopo *Nelle spire di Kingpin* e subito prima di *Il suo nome è Mysterio*.

– Uno dei genitori dei nostri studenti ha trovato questi fumetti americani nascosti sotto il materasso di suo figlio.
Ecco a cosa erano dovuti quei segni sulle copertine: molle di materasso, ma preferii non dire niente, perché avevo la netta sensazione che qualunque frase avessi pronunciato sarebbe stata utilizzata contro di me.
– Non credo sia illegale, – dissi.
– Davvero? Forse no, signor Földesi. Non è illegale, ma non è nemmeno consigliato. Non dal nostro istituto, almeno. Credo che sia del tutto inutile sottolineare quale sia la mia posizione e quella del personale docente, in qualità di vostri educatori. Voi siete la prossima generazione di figli dell'Ungheria, della nostra grande nazione... e in momenti cosí difficili come quelli che viviamo, momenti di cambiamento, francamente non desideriamo che il vostro spirito sia... rovinato... da simile spazzatura.
La preside afferrò *Il bluff del morto*, disegni di Ross Andru, come se volesse davvero buttarlo nella spazzatura.
– La produzione di questa spazzatura, signor Földesi, è osteggiata dagli stessi Paesi in cui viene commercializzata... Sono loro stessi a dirci quale seduzione possano esercitare queste immagini sui nostri ragazzi.
Seduzione. Con quella voce sterile e il viso da cavolfiore, era evidente che la preside non aveva la minima idea di cosa significasse quella parola.
– Basta sfogliarli, anche senza comprendere una sola parola, perché una mente limpida e pura ne sia deviata. Quale modo migliore per convincere un ragazzo a imbracciare un'arma, a diventare un delinquente, a imitare i gesti sconsiderati di questi pagliacci in maschera...

Cominciai a guardare la luce del sole fuori dalla finestra alle sue spalle, e a distrarmi.
Fog Grey non indossava alcuna maschera. La sua maschera era la cicatrice sul volto. Il suo costume era l'uniforme nazista. Ma non era come quella dei veri nazisti: Fog Grey aveva staccato le svastiche e le aveva girate.
Sapevo che la svastica era un simbolo del sole e della vita, e che i nazisti l'avevano invertita, girandola dalla parte opposta.
Fog Grey voleva ristabilire le cose. Lui agiva solo di notte, doveva essere morto da molti anni, ma la Morte l'aveva dimenticato. E la sua missione era far nascere di nuovo la luce.
– Signor Földesi! Non ha niente da dire? – esclamò quasi come in un grido la preside.
Mi riscossi. – Non saprei, – dissi.
La preside socchiuse gli occhi. – A noi risulta che sia stato lei a portare questi fumetti a scuola. Ci risulta che glieli abbia venduti.
Ebbi un leggero senso di vertigine, e immaginai sulla preside un lungo camice bianco, sporco di sangue. Stavo visualizzando davanti a me la nemica giurata di Fog Grey.
– Io? – domandai.
– Da quanto sappiamo, lei porta a scuola con regolarità questo tipo di pubblicazioni... e le vende ai nostri ragazzi...
Ecco che uno degli ultimi pezzi del mosaico si sistemava: Lajos era stato scoperto, e aveva cantato fino in fondo.
– È falso, – dissi.
La preside si abbandonò sullo schienale della sua poltrona. – Le dispiacerebbe consegnarmi il suo zaino?
– Non ne vedo il motivo.

– Il suo zaino, signor Földesi.
Feci resistenza per quanto mi era possibile farlo, poi sbattei lo zaino sopra alla scrivania, cercando di far piú danni possibile. La preside ignorò il gesto, afferrò lo zaino e fece scorrere la zip. Assistetti a tutta l'operazione rimanendo in piedi dall'altra parte.
La preside infilò la mano nella bocca spalancata del mio zaino. Tirò fuori il sussidiario, il libro di lettura, il mio quaderno a quadretti, quello a righe. L'astuccio con le penne. Il righello.
Il suo sorriso si spense a poco a poco.
Il mio, invece, si accese.
Stropicciò lo zaino come per essere sicura di aver cercato bene.
– Lo ha forse lasciato in classe, sotto il banco? – mi domandò.
– Continuo a non capire di cosa stia parlando... risposi.
Mi restituí lo zaino afflosciato e aspettò che io ci rimettessi dentro tutta la mia attrezzatura scolastica.
– Signor Földesi, cerchi di collaborare, e io saprò essere comprensiva. Sappiamo che lei procura pessime letture ai nostri ragazzi. Sappiamo che lo fa da un certo numero di mesi. Sapevamo che oggi doveva averne alcune con sé. E il fatto che io non le abbia trovate è una semplice coincidenza...
Mi riecheggiarono in mente le parole di Nikolai. Lajos! Verme! Verme che non sei altro!
– ... Ma se io le avessi trovate, signor Földesi, per lei ci sarebbero state delle conseguenze drastiche. Sarebbe stato molto difficile, per esempio, poterla ammettere all'esame di fine anno. E capisce che cosa significa, questo, non è vero?
Annuii.
Significava perdere l'anno. Significava doverlo ripetere dal-

l'inizio. Significava doverlo spiegare ai miei genitori. Affrontare mio padre. Vedere mia mamma piangere per colpa mia. Rinunciare a incontrare Nikolai. Dimenticarsi per sempre di Fog Grey.

– Potremmo dire, signor Földesi, che il colloquio di oggi è stato un avvertimento.

Rimasi in silenzio.

– Faccia in modo che le voci che girano sul suo conto smettano di girare. E che nessuno di noi debba mai trovarla con uno di questi... – sollevò uno degli album di Lajos. – Dentro il suo zaino scolastico.

Certo che no. Non li portavo mai nello zaino. Avevo una tasca segreta ricavata tra la fodera e l'imbottitura del mio giaccone. La copia dell'Eternauta era lí, in quel preciso momento, e stava premendo contro la mia schiena e faceva scricchiolare quella maledetta poltrona di pelle.

Attesi alcuni secondi.

– Posso andare? – le domandai.

Lei impugnò la penna Peter Parker, ci pensò su.

Mi guardò.

– Non ha caldo, con quel giaccone? – mi domandò. – Sta sudando, signor Földesi.

– Mi piace, – le risposi, sistemandomi lo zainetto sulla spalla.

Potevo sentire i secondi che battevano sull'orologio, uno per uno, interminabili.

Lei sembrò studiarmi, dall'alto in basso e dal basso in alto.

– Lo sa che non mi ha per niente convinto, signor Földesi?

– Mi dispiace, – risposi.

– Venga qui, – mi invitò lei. – Qui da me. Faccia il giro.

Non è possibile, pensai. Non può saperlo. Nessuno sa dove trasporto i fumetti, nemmeno Nikolai. Nemmeno Lajos.

E lei non poteva averlo capito.

Ma le ubbidii: circumnavigai tutta la scrivania e mi ritrovai a pochi passi dalla preside, dallo stesso lato in cui sedeva.

Rimasi sorpreso dallo scoprire che si era sfilata le scarpe e che indossava un paio di logore ciabatte da casa. La preside aveva le caviglie gonfie.

Aprí un cassetto e ne tirò fuori un accendino, lo posò sui fumetti, poi mi indicò la porta socchiusa del bagno.

– Vada di là a bruciarli, signor Földesi. Una bella fiammata, e vedremo di chiudere questa faccenda.

– Dice davvero?

– Naturalmente. Si prenda pure il tempo che le serve. Strappi le pagine a una a una e dia loro fuoco facendo attenzione a non spargere cenere tutt'intorno. Alla fine, poi, faccia scorrere tanta acqua. Non voglio che di questi... fumetti... resti neppure una traccia.

Deglutii.

– Vada, su. E faccia in fretta.

Non avevo scelta.

Presi gli Spider-Man e mi diressi in bagno come un condannato a morte.

– Si può levare il giaccone, se vuole, – mi disse la preside, ricominciando a scrivere sul suo registro.

– Preferisco di no, – le risposi.

# 14. La Torcia Umana

– E tu cosa hai fatto? – mi domandò Nikolai, mentre tornavamo a casa.

– Tu cosa avresti fatto? – gli risposi.

– Che situazione del cazzo, – disse Nikolai.

Lo guardai, stupito. Era la prima volta che diceva una parolaccia a freddo, come un adulto.

Lui tossí, si sistemò gli occhiali sul naso e mi domandò, quasi per giustificarsi: – C'è un altro modo per dirlo?

Scossi la testa. – No. Hai ragione. È proprio una situazione del cazzo.

Mi accorsi che quell'imprecazione mi riempiva la bocca, e mi dava una certa sicurezza.

– Ti avevo avvertito di non fidarti di Lajos.

Mi strinsi nelle spalle. – Non pensavo che sarebbe arrivato a tanto.

– Non lo conosci abbastanza. Non capisci? Ti ha teso una vera e propria trappola: ti ha chiesto il fumetto in prestito e poi ha spifferato tutto a suo padre, e alla preside, perché te lo trovassero addosso.

– Dici?

– Sándor! Sveglia! Hai ancora dei dubbi?

In realtà sí, li avevo. Non riuscivo a pensare che Lajos avesse

davvero architettato un piano per farmi perdere l'anno scolastico. Non era una ragione sufficiente.
– Io ho pensato che suo padre gli abbia trovato i fumetti... lo abbia messo alle strette... e... e Lajos abbia cantato. Non è piú facile che sia andata cosí? È stato un vigliacco, va bene, ma... solo un vigliacco.
– No. Ti dico che l'ha fatto apposta. È troppo furbo per farsi trovare i fumetti sotto al letto. Ha calcolato i tempi, ti ha fatto portare l'Eternauta a scuola...
– Me l'ha pagato il doppio... – ricordai.
– Per essere sicuro che tu accettassi!
– Nikolai, ma...
– E lui stamattina non si è presentato, aspettando che scattasse la trappola.
– Ma è comunque una cosa stupida! – obiettai. – Che senso ha farmi scoprire?
– Voleva punirti.
– Di che cosa?!
– Di non avergli dato i fumetti, e aver preferito qualcun altro.
– Ma io non gli ho preferito qualcun altro.
– Ma lui non ti crede. Non crede a nessuno. Pensa che tutti gli altri ragionino sempre come lui. È sospettoso, infido, schifoso!
Di nuovo, Nikolai sputò per terra.
– Punirmi... per non avergli venduto i fumetti... – scossi il capo. – È una pazzia.
– Lo dici tu. Per come ragiona lui, è assolutamente normale.
Ero ancora interdetto. – Ma... se è cosí furbo come dici... a parte la soddisfazione di vedermi punito... lui cosa ne ottiene? Sono io che gli procuravo i fumetti!

– Ottiene libertà.
– Non capisco.
Nikolai si piazzò davanti a me, sottolineando il suo discorso con le mani. – Tu gli procuravi i fumetti. Quelli che volevi tu, quando volevi tu e come volevi tu. Lajos dipendeva da te e questo cominciava ad andargli stretto. Lui non vuole dipendere da nessuno. Vuole comandare.
– Ma su, Nikolai, stiamo parlando di fumetti!
– No. Stiamo parlando di Lajos. Se non può comandare e decidere lui, allora preferisce distruggere. È già successo. L'ha già fatto con me.
– Quando? – gli domandai.
– Lasciamo perdere, okay?
– Come vuoi.
Nikolai tirò su con il naso. Poi mi posò un dito sul cuore. – Non farti bocciare. Non farti bocciare per nessuna ragione al mondo, altrimenti sarà come avergliela data vinta.
Nikolai digrignò i denti. – Per come lo conosco io, Lajos vorrebbe far parte del nostro gruppo. Ne sono sicuro... ma ha capito che non ha possibilità di entrare, perché ci sei tu... perché tu, io, Zio Szabó, Bibo siamo amici, siamo amici veri... ci fidiamo uno dell'altro.
C'è una cosa che non ti ho detto, Nikolai.
– Lui voleva essere come te, – ammise infine Nikolai. – Il capo.
Sbottai: – Ma io non sono...
– Shtt. Lo sai benissimo che lo sei. Lo sappiamo tutti. Sei il capo e ci va bene. Ma a lui no. E ha capito che non ti potrebbe mai sostituire. Cosí ha preferito distruggerti. Per provare a comandare sulle macerie.

Deglutii.
I fumetti premevano contro l'imbottitura del mio giaccone verde. Nikolai era il mio miglior amico. Forse il mio unico amico. E io non gli avevo ancora raccontato una cosa.
Ricominciammo a camminare lungo via Király.
– Credo che adesso dovremo essere ancora piú prudenti, – disse Nikolai. – Niente fumetti a scuola. Sospendiamo tutte le attività. E intanto cerchiamo di capire cosa è successo al tuo uomo.
Il signor Francia Kiss, già. Quasi me lo ero dimenticato, tra tutte le cose che erano successe.
– È come essere circondati, – dissi. – Prima scompare il nostro contatto. Poi quelli della nostra rete si ribellano, e infine la preside mi interroga.
– Spie, – mormorò Nikolai. – Dannate spie dovunque.
Il signor Kádár ai Cortili. Lajos a scuola. Quanti erano gli occhi che ci seguivano e le orecchie che ci ascoltavano? E per cosa, poi?
Per dei fumetti?
Mi venne da ridere.
Spie. Se il signor Kádár era davvero una spia, almeno aveva fatto il suo lavoro. Aveva un motivo valido per essere una spia. Una spia spiava per proteggere il proprio paese dai dissidenti, per scongiurare una guerra, per sconfiggere un dittatore. Mentre Lajos aveva spiato per impotenza.
– I tuoi fumetti sono al sicuro? – mi domandò Nikolai.
Avvertii una brutta sensazione, quando pronunciò quella frase. Una specie di gelosia per le mie cose.
– Sí. I miei non sanno dove li tengo nascosti.

– Meglio cosí.
Proseguimmo fin sotto casa.
– Fog Grey è stato tradito, – dissi a quel punto.
– Da chi?
– Da una donna. Da una donna bellissima.
– Era innamorato di lei.
– E lei l'ha venduto e lo ha fatto catturare. Lo ha torturato.
– E mentre lo torturava, ha cominciato a diventare grassa, e brutta. Ha cominciato ad assorbire il male: il dolore l'appesantiva, le modificava il volto, le faceva gonfiare le caviglie... e piú diventava brutta, piú diventava crudele... fino a quando...
– Non è diventata identica alla preside.
Wow, pensai. Quella sí che era un'idea. La bellezza che si decompone quando si vota al male.
– La preside aveva male ai piedi... – dissi. – Si era tolta le scarpe e indossava un paio di ciabatte da casa.
– Chissà che puzza.
– Quando mi ha mandato in bagno, è rimasta per tutto il tempo seduta alla scrivania a scrivere. Aveva una bella penna... – Esitavo. Ed esitavo perché dovevo decidere se fidarmi di Nikolai, oppure no. Se avessi continuato, non avrei piú potuto tornare indietro.
Continuai. – Non mi poteva vedere. E io la guardavo attraverso la porta socchiusa. Mi ha ordinato di strappare il primo fumetto... e io le ho ubbidito. L'ho aperto, ho staccato tutta la copertina, ho acceso la fiamma e l'ho bruciato dritto sopra allo scarico del bagno...
– Smettila, mi fai soffrire.

– Lei continuava a scrivere, ti ho detto. E mi diceva «bravo, bravo», a ogni pagina che mi sentiva strappare.
Cominciai a parlare piú velocemente.
– C'era un giornale, in bagno. Era vecchio, infilato di traverso tra due vasi di orchidee.
– Come come?
– Orchidee. La preside tiene delle orchidee in bagno, e sono loro a puzzare in quel modo.
Nikolai fece un gesto brusco, come per scacciare una mosca.
– E chissenefrega delle orchidee. Dicevi... il giornale...
– L'ho preso... sí... e ho fatto una prova. Ho strappato una pagina. E lei, dalla scrivania, mi ha detto «bravo, bravo», «continua cosí»...
Il volto di Nikolai si illuminò. – Vuoi dire che hai...?
– Ho dato fuoco alla pagina del giornale e quella si è trasformata in cenere nera esattamente come le pagine dei fumetti.
– Sándor... tu... sei un diavolo!
– Giurami che non lo dirai a nessuno.
Spalancai il giaccone verde prima che lui giurasse, ma ormai sapevo che avrebbe tenuto il segreto. Staccai il bottone della mia sacca portafumetti e infilai la mano sotto all'imbottitura. Consegnai l'Eternauta a Nikolai.
– Ce l'avevi indosso? – mi domandò lui.
– Sempre indosso, per tutta la durata del colloquio.
E poi gli consegnai i tre fumetti di Spider-Man che avevo salvato dal rogo.
– Ne abbiamo perso solo uno, Nikolai.
– Sacrificato, – disse lui.
– Sacrificato, – convenni.

– Grande, – mormorò lui, pieno di ammirazione. – Hai fregato la preside!
– La preside, ma anche Lajos, – aggiunsi, indicando i tre fumetti. – Lui, quelli, ce li ha già pagati.
Nikolai scoppiò a ridere.
– Accidenti, capo. Dobbiamo subito raccontarlo agli altri!
Fece per restituirmi i fumetti, ma non li presi.
– È meglio se li tieni tu per un po', – dissi. – Fino a quando non si calmano le acque.

## 15. Crisi

Quel pomeriggio non ci fu bisogno di passare a chiamare Bibo e Zio Szabó. La notizia della mia convocazione dalla preside aveva già fatto il giro della città.

– Ma si può sapere chi ve l'ha detto? – domandai a tutti e due.

– Da me è passato Tildy, – raccontò Zio Szabó. – Un attimo prima che chiudessi.

– E lui cosa ne sapeva...? – trasecolai.

– Mi ha semplicemente detto che sei un grande.

Nikolai sogghignò.

Un grande, io! Mi veniva da ridere.

Bibo, invece, l'aveva saputo da sua sorella, a cui l'aveva detto uno dei ragazzi piú grandi della sua compagnia.

– E questo, credetemi, sarà il nostro prossimo problema, – disse misteriosamente lui, con i capelli sugli occhi.

– A casa tua l'hanno saputo? – mi domandò Zio Szabó.

Scossi la testa. – No.

– Sicuro?

– Sí.

Quando ero rincasato mio padre dormiva sul divano, come se non avesse chiuso occhio durante la notte, e nemmeno si era accorto del mio arrivo. Mia mamma, invece, era rimasta chiusa in bagno per tutto il tempo che avevo passato a casa. Faceva

scorrere l'acqua, tanta acqua. E da sotto alla porta filtravano densi fumi di vapore caldo.
– Come è andata a scuola?– mi aveva sussurrato dall'altra parte della porta.
– Bene. Mi ha chiamato la preside.
– Per dirti cosa?
– Niente.
Rumore d'acqua.
– Sándor?
– Cosa?
– Stai scherzando?
– Sí.
Avevo dovuto fare pipí nel lavandino della cucina, poi mi ero chiuso in camera.
Avevo spiato il cortile dall'alto della mia finestrella, contato i numeri della mia collezione (ne avevo cinquantanove) e per ultimi i miei risparmi (avevo quattromilacentosessantacinque fiorini, piú novecentocinquanta dell'ultimo mese, piú quattro). Levai i quattro ultimi fiorini di Lajos come si fa con le mele marce e li gettai dalla finestra. In casa mia c'era qualcosa che mi soffocava, una sorta di pianta carnivora che aveva preso possesso di ogni stanza, e si nutriva di noi.
– Raccontaci come è andata davvero, – mi disse Zio Szabó. – Ho mezzo pomeriggio libero.
– Vogliamo i dettagli, – disse Bibo. – Che cosa ti ha chiesto, la vecchia?
Ci accomodammo sui gradini, e lí cominciai il mio racconto, partendo dal giorno precedente, quando io e Lajos ci eravamo messi d'accordo.

– Avresti fatto bene a farmelo picchiare, – disse Nikolai.
– Sei invisibile, coniglio, non hai la super-forza, – lo prese in giro lo Zio.
– E allora?
– Avremmo dovuto raccattare i pezzi dei tuoi occhiali per tutta la strada.
– Ehi, pezzo di marmitta! Attento a come parli.
Zio Szabó e Nikolai si azzuffarono bonariamente. Bibo mi fissava con i capelli spioventi, poi si accese una sigaretta.
– No, grazie, – rifiutai.
Ma gli presi l'accendino e me ne servii per mimare la fase finale dell'impresa, quella in cui avevo fatto finta di bruciare i fumetti, e avevo invece sminuzzato una vecchia copia del *Magyar Függetlenség* («Indipendenza ungherese»).
Al termine del racconto, il mio pubblico applaudí e cominciò a consultarsi.
– Dobbiamo fargliela pagare... – decise Zio Szabó.
– Addosso a Lajos, – convenne Nikolai.
– Alla fine, però... è andata bene... – disse Bibo.
– Questa volta, ma la prossima?
Bibo alzò una mano.
Zio Szabó disse: – Non possiamo vivere nel terrore che qualcuno ci tradisca. Soprattutto voi, a scuola.
E Nikolai: – Devono capirla tutti, che con noi non si scherza. Facciamo capire cosa succede, a chi tradisce i Fantastici Quattro.
– Suo padre è un poliziotto, – ricordai.
– Suo padre non lo saprà mai. E nemmeno lui.
Guardammo tutti Nikolai.

– Ci mascheriamo per bene, – continuò. – Ci mascheriamo per bene e gli diamo un sacco di botte.

Zio Szabó rise, e cosí feci io.

Bibo, invece, rimase zitto, con la mano alzata.

– Forse dovremmo pensare ad altro, – proposi io. – La preside mi è servita da lezione, e adesso si svolta. Basta con questa storia.

– Basta fumetti?

– Io adoro i fumetti.

Mi schiarii la gola. – Intendevo dire che forse dovremmo smetterla con la storia dello spaccio, di venderli agli altri. Prima o poi qualcuno tradisce. E ci andiamo di mezzo tutti.

– Quello che tradisce si punisce, – insistette Nikolai. Si passò un dito sulla gola. – Parola di Kingpin, quando dà la scalata alla mafia di New York.

– Potremmo semplicemente dividerci i fumetti tra noi, – continuai, anche se a me piaceva il brivido delle consegne, i fiorini che si accumulavano nella mia scatola delle conserve, la sensazione di dover sempre stare attento a non essere scoperto, la sottile linea di panico che accompagnava ogni mia giornata.

– Di quali fumetti stiamo parlando? – si chiese Zio Szabó. – Vi ricordo che il nostro fornitore non si è presentato all'ultimo appuntamento e non sappiamo dove sia finito.

– Né se tornerà, – disse Nikolai.

– Questo significa che dobbiamo trovare un altro fornitore, – disse Zio Szabó.

– Abbiamo idee? – Nikolai tossí e si sistemò gli occhiali.

– Forse dovremmo chiedere ai ragazzi piú grandi.

E poiché i ragazzi piú grandi erano tutti amici della sorella di

Bibo, tornammo a guardare lui, che aveva ancora la mano alzata.
– È il problema di cui vi parlavo all'inizio: i ragazzi piú grandi... e mia sorella.

Zio Szabó si accese una sigaretta. – Se tua sorella è un problema, amico, puoi lasciarla a me.
Ero ammirato da tanta spavalderia. Zio Szabó era il primo di noi a girarsi e a fischiare quando incontravamo una ragazza carina, e solo dopo che aveva fischiato Nikolai e io gli chiedevamo com'era, se era bionda o bruna, alta o formosa. Bibo, invece, proseguiva dritto, come se intorno a lui non esistesse nessun altro.
– E se ti lascio mia sorella, sempre a patto che a lei vada bene, tu che ci fai?
Sapevo che Zio Szabó aveva già baciato una ragazza, e non una volta sola, e lo osservai mentre tirava una lunga boccata. Prese fiato, disse a Bibo tutto quello che avrebbe fatto e, quando ebbe finito, Bibo scoppiò a ridere.
– Guarda che non si fa cosí! – esclamò.
Zio Szabó arrossí e mi fece capire che Bibo aveva colpito nel segno. Ne sapeva di piú dello Zio?
Nikolai si era distratto. Io, invece, cercai di seguire il loro scambio di battute.
– Forse ti servirebbero un paio di lezioni, Zio.
– Bum! – fece Zio Szabó.
– Guarda che servono a tutti! Se vuoi, c'è un'amica di mia sorella che è perfetta.
– E scommetto che è orribile.

– Sí, – ammise Bibo. – Ma è solo per allenarsi.
– Bleah! – intervenni.
– Ma di cosa state parlando, ragazzi? – disse Nikolai.
Bibo si tirò i capelli indietro. – Fate come volete. Quando conoscerete la ragazza della vostra vita e non saprete come baciarla, vi ricorderete della mia proposta.
– Ma com'è che siamo finiti a parlare di ragazze? – sbottò di nuovo Nikolai. – Se non sbaglio, stavamo discutendo della preside e dell'emergenza sicurezza.
– E di mia sorella, – ricordò Bibo.
– Ah già, sí, – convenni. – Vai avanti.
– È presto detto, – rispose il nostro amico vestito di nero. – Il buttafuori del Caffè degli Artisti si è fatto vivo con mia sorella. Gli ha raccontato che quel venerdí abbiamo fatto un gran casino e che lui ci ha quasi rimesso il posto...
– Ma figurati...
– E le ha fatto capire che il fumetto che gli avevamo dato in cambio dell'ingresso non bastava piú.
Nikolai si abbandonò sui gradini. – Sempre la stessa storia.
– Le ha chiesto un extra.
– E perché non gli hai mandato l'amica che vuole far pratica? – sparò Zio Szabó, facendoci scoppiare a ridere.
– Per evitare guai... – continuò Bibo, – gli ho dato un altro fumetto. E quell'idiota l'ha mostrato a tutti i suoi amici. Altri ragazzi della compagnia sono andati a chiedere a mia sorella... – Bibo fece un lungo sospiro. – E a me.
– E tu cosa hai risposto?
– Che avevo quell'altro fumetto, e basta.
– E ti hanno creduto?

– Secondo me, no.
Mi guardò. – Le voci girano. E se si aggiunge quella della preside...
– Non ho raccontato a nessuno perché mi ha chiamato.
– Ma tutti lo immaginano, – disse Bibo. – Sappiamo che non voleva iscriverti alla squadra di calcio del torneo estivo. E si sa che siamo amici. Le voci su di me. Le voci su di te. Qualcuno che dice una mezza parola e due piú due fa...
– Quattro, – sibilò Nikolai.
Mi morsi il labbro. Era un vero e proprio accerchiamento.
Bibo continuò: – Gli amici di mia sorella hanno venti, ventidue, ventiquattro anni. A volte mi trattano come un bambino. Vengono a casa mia ed entrano in camera anche quando non ci sono. Scherzano, ma... secondo me vogliono vedere se nascondo qualcosa. Stanno cercando i miei fumetti. Come i cani che fiutano... i morti.
– Immagine allegra, – commentai.
– Ma calzante, – intervenne Nikolai. – Quello che ci stai dicendo, Bibo, è che non ti senti piú al sicuro.
Bibo annuí. – E non solo io. Se non trovano i miei fumetti, magari un pomeriggio vengono da te...
– Non gli apro, – disse Nikolai.
– O da te... – indicò Zio Szabó.
– E si troveranno i miei nonni.
Sospirai. – La mia collezione è al sicuro. E ho una robusta serratura in camera.
– Un'autentica Yale modificata dallo Zio, – ricordò Zio Szabó.
– Potrebbe non essere sufficiente, – osservò Bibo, cupo.

– Non è che stai esagerando un po'? – fece Nikolai. – Hai sempre avuto una passione per il dramma, Bibo...
– Magari sí. Lo ammetto... Ma questi ragazzi... – si sfregò i polpastrelli. – Non so come dirvelo... è come se sentissero la scossa. Non riescono a stare fermi. Sono arrabbiati, ma non si capisce contro chi e contro cosa. E quando si arrabbiano davvero... be'... vanno fuori controllo.
– Peggio di Nikolai? – domandò Zio Szabó.
Bibo sorrise. – Guardate che dico sul serio, ragazzi. Quando vedo gli amici di mia sorella, e ascolto quello che mi dicono e come mi trattano... Non so come spiegarvelo... Ma è come se ce l'avessero con me. Ce l'hanno con me perché... perché non lo so. Perché sono piú giovane?
– Ma se avrai cinque anni meno di loro!
– Per loro cinque anni sono un secolo.
– Tra cinque anni io avrò vent'anni, – intervenni. E mentre lo dicevo anche a me sembrava un secolo.
– Io proprio non capisco, – disse Nikolai. – Perché dovrebbero avercela con noi? Loro possono andare dove vogliono, hanno i cinema, i caffè, i ristoranti...
– Hai presente come ti sentivi quando ti avevano rubato l'unica copia di Silver Surfer? – mi domandò Bibo.
– Ero furioso, – risposi.
– Loro sono sempre cosí. Come se fossero stati derubati di qualcosa, e i ladri fossero tutti gli altri: quelli che non fanno parte del loro gruppo, quelli piú giovani di loro, quelli piú vecchi. Il mondo intero.
– E cos'è che gli hanno rubato, secondo te? – domandai, ingenuamente.

Bibo mi diede una lunga occhiata prima di rispondermi, e mi fece capire che ci aveva pensato bene. Non mi stava dicendo la prima cosa che gli passava per la testa, ma stava condividendo un pensiero profondo: – Gli hanno rubato la possibilità di ribellarsi.

Ci pensammo in silenzio per un po'.
Non mi era del tutto chiaro quello che Bibo intendeva con «ribellarsi». Parole come «rivolta», «rivoluzione», «controrivoluzione» ci venivano insegnate fin dalla piú tenera età. La nostra storia era colma di rivoluzioni. Gli ultimi rivoluzionari ci insegnavano a odiare i controrivoluzionari, mentre gli ultimi controrivoluzionari ci insegnavano esattamente il contrario.
Fog Grey non era un rivoluzionario. Non voleva cambiare le cose. Voleva solo mantenerle nel loro giusto ordine.
Ma qual era l'ordine giusto?
Nel nostro fumetto era semplice: era l'ordine di Fog Grey, il figlio della nebbia.
Ma nella realtà, invece, era piú difficile capirlo.
Perché i ventenni, gli amici della sorella di Bibo, dovevano avercela con noi?
Noi non ci stavamo ribellando.
O forse sí?
E in cosa consisteva la nostra rivolta?
Nel leggere di straforo i fumetti americani?
Impossibile.
– Che cosa proponi di fare? – domandai a Bibo, quando ebbi rimestato a sufficienza nei miei pensieri, e capii che Nikolai cominciava ad agitarsi.

– Dobbiamo far sparire i nostri fumetti per un po', – propose lui. – Stare fermi, non vendere niente a nessuno... e aspettare. Anche un bel po' di tempo.
– I miei sono al sicuro, – insistetti.
Guardai Nikolai.
– Io li ho praticamente venduti tutti, – confessò lui. – Con la crisi di questo mese ho spuntato prezzi piú alti... e... be': diciamo che mi sono lasciato tentare dal mercato...
– Sangue da commerciante non mente, – rise Zio Szabó. Si alzò, perché doveva andare a lavorare. – Io comunque sono d'accordo con Bibo. Meglio far sparire tutto e vedere cosa succede.
– Okay, – riassunsi. – Di quanti fumetti stiamo parlando?
– I miei sono ancora una quindicina, – disse Nikolai.
– Venti, venticinque... – disse Bibo.
– Lo stesso per me, – confermò Zio Szabó.
Quattro, forse cinque scatole da scarpe.
– E avete qualche idea di dove nasconderli?
Bibo non ce l'aveva.
– Io ho la cantina dove abbiamo fatto la gassosa... – propose Nikolai. – Ma è umida.
– Posso prendere dei rotoli di plastica dall'officina.
– Sarebbe meglio in un posto dove non si possa fare nessun collegamento con noi... – disse Bibo.
Nikolai sbuffò: – Comploootto!
– Però ha ragione. Se lo facciamo per stare tranquilli, almeno cerchiamo di essere tranquilli fino alla fine.
– Vendiamoli tutti, – ghignò allora Nikolai.
– A me viene in mente un solo posto dove portarli, – rifletté Zio Szabó. – Anzi: due.

## 16. Non c'è Batman senza Robin

– Buon giorno, Maestro Gabor, – dissi. – La disturbo?
Vedevo solo una striscia verticale del suo appartamento, tagliata a metà dalla catenella della porta.
– Ah, sei tu, – disse. – Vieni dentro, Sándor.
– Grazie.
Mi fece accomodare nella solita stanza.
Aveva messo un bricco di caffè sul fuoco che sorvegliava di tanto in tanto. Non ti aspettavo.
– Mi scusi se non l'ho avvertita.
– Nessun problema, ma mi era venuto il dubbio di essermi dimenticato di una lezione.
– E invece no, – sorrisi. – Era il suo spacciatore di eroi.
Appoggiai la scatola sul tavolo.
Lui la guardò di sottecchi. – Credo che adesso tu stia esagerando... – disse, spegnendo il fuoco sotto al caffè. – Ne vuoi un po'?
– Sí, grazie.
Il Maestro di pianoforte si sedette, allungandomi una tazza.
– Non mi posso permettere di certo tutta quella scatola di roba.
– Non gliela sto nemmeno proponendo, Maestro... – Sorbii il caffè, nero e bollente, e quasi mi venne da tossire. – E tanto vale che le dica subito tutto: me li potrebbe tenere? Può leg-

gerli, naturalmente, ma dovrebbe evitare di farli vedere ad altri.
– Tenerli?
Annuii. – Sono trentadue fumetti in tutto.
Gli spinsi la scatola sotto al naso e lui ci frugò dentro con lo sguardo, poi la inclinò e tirò fuori l'episodio tre dell'incomprensibile saga dell'Incal di Moebius.
– L'Incal... – mormorò, sfogliandolo con grande lentezza. – Non avrei mai immaginato di poterlo un giorno sfogliare...
– È di Nikolai, – dissi.
Lui sorseggiò il caffè, poi mi domandò, indicando la scatola: – Cosa succede?
Gli spiegai brevemente della preside, e degli amici della sorella di Bibo. Sentivo di potermi fidare di lui, e non avevo intenzione di inventare altre versioni dei fatti.
– In poche parole, Maestro... – gli confidai alla fine del racconto, – abbiamo paura.
Lui si stropicciò i baffi con la sua mano a tre dita. – La paura è una brutta bestia.
Io non riuscii a staccare lo sguardo da quella mano e fui quasi sul punto di chiedergli se quello che si diceva sul concerto per il presidente fosse vero, oppure no.
– E non c'è niente di peggio di non sapere perché si ha paura... – continuò il Maestro. – Voglio dire: sono semplici fumetti. Storie illustrate per ragazzi. Che male possono fare?
– Non lo so.
– È come aver paura di un libro, di una sinfonia, di un quadro o di un monologo a teatro. Si può aver paura di queste cose?

– Credo di no, – risposi.
– E invece sí, – replicò lui. – È proprio di queste cose che si deve aver paura, perché sono incontrollabili. Sono libere. E noi siamo animali liberi, anche se ci costringiamo a vivere in una città come la nostra.
Finii il mio caffè.
– Non ti ho mai chiesto niente, Sándor. Dove trovi i fumetti, perché li vendi, perché li porti anche a me, mai niente... E sai perché?
– No.
– Perché tu non mi hai mai chiesto perché continuo a suonare il pianoforte anche con... questa.
E mi mostrò la sua mano monca.
Ridacchiai, nervoso. – Immagino che le piaccia.
– Esatto. Mi piace. E tu? Hai mai suonato uno strumento musicale? Un pianoforte?
– Temo di no.
– Se non suoni, il pianoforte è un mobile come altri. Bello come altri. Ingombrante come altri. Polveroso come altri. Ma se lo sai suonare... diventa una nave per isole lontane.
Risi.
– Un treno per chissà dove. Un'astronave per l'iperspazio.
– A me succede con la penna, – dissi.
– Scrivi?
– A volte. Penso a delle cose e poi le scrivo.
– E cosa scrivi?
– Io... niente, in realtà. Però... Nikolai e io... stiamo facendo un fumetto.
Il volto del professore di musica si illuminò. – Dici davvero?

– Sí.
– E come si chiama?
– Fog Grey.
– E...?
– E... parla di un eroe nazista...
Il Maestro Gabor si irrigidí di colpo.
– Ma non è davvero un nazista... lo è stato... era un tenente dell'armata... e indossa ancora la divisa... solo che lui si è staccato le svastiche e le ha girate... le ha girate dalla parte giusta. Ha perso la memoria... non si ricorda perché indossa quella divisa.
– Vai avanti...
– Io penso che Fog Grey fosse una spia inglese, che si era infiltrata tra i nazisti... solo che poi si innamora, viene catturato... e interrogato...
– Dai russi...
– Esatto. Lo portano sotto a Budapest... da qualche parte... provano a ucciderlo... ma lui non muore... resiste. Sopravvive... si nasconde... nessuno lo trova piú, nemmeno la Morte... oppure là sotto succede qualcosa... qualcosa di grosso... che... fa sí che Fog Grey diventi immortale... e diventano immortali anche i suoi torturatori... perché forse usavano macchine sperimentali... a raggi... e... le macchine esplodono... o qualcosa di simile... – Correggevo il mio racconto a seconda delle espressioni del Maestro, seguendo quello che mi sembrava a lui piacesse di piú. – ... E lui ottiene dei poteri... oltre a quello di non poter piú morire perché la Morte si è dimenticata di lui, intendo... Fog Grey avverte i sentimenti degli uomini come se fossero profumi... li annusa nel-

l'aria... e usa il suo olfatto per scovare i criminali... e farli fuori. Può agire solo di notte... non ama il sole... ed esce dai tombini della metropolitana o dai passaggi segreti... lo sa, vero, che sotto Budapest ci sono dei passaggi segreti?

Il Maestro Gabor mi interruppe per rispondere. – Lo so meglio di quanto tu possa immaginare, ragazzo mio. I piú antichi li fecero durante l'occupazione turca del 1600. Poi vennero le condotte fognarie, e le gallerie della metropolitana. Quella aperta al pubblico e quella segreta.

Spalancai gli occhi. – Perché? C'è una metropolitana segreta?

Lui mi sorrise, enigmatico.

– Se non c'è, mettila nel tuo fumetto.

– È una grande idea, professore!

– Il secolo scorso scavammo molte altre gallerie. Per lo piú immense prigioni sotterranee dove nascondere i nemici... – l'espressione del Maestro Gabor divenne sofferta. – Dove dimenticarsi di loro...

– Esatto! – esclamai. – Ed è quello che è successo a Fog Grey! Lui viene dimenticato... torna da uno di questi luoghi, dalle prigioni che non esistono. Ma il prezzo che si paga per tornare da lí è la memoria. Fog non sa chi è, e non lo saprà mai. Il fatto è che... – l'idea mi venne in quell'istante, – non può proprio ricordare. Ogni cosa che gli accade, ha lo spazio di una notte. Poi diventa passato e, come passato, Fog lo dimentica.

Wow, pensai. Potente.

Il Maestro Gabor tamburellò sul bordo della sua tazza.

– Mi piace, – disse. – Quando potrò leggerlo?

– Lo abbiamo appena cominciato, – ammisi.

– Voglio essere il primo ad averne una copia... autografata.
Mi alzai. – Troppo gentile, Maestro.
– Comunque sí... Sándor. Di' a Nikolai che terrò io i suoi fumetti. E li terrò bene.
– Grazie, professore.
Mi accompagnò alla porta. – Una cosa, però.
– Mi dica.
– Il vostro eroe, Fog Grey... ce l'ha un amico?
Ci pensai su. – È un eroe solitario, professor Gabor. Non può avere amici.
– Allora dovete mettercelo. Tutti gli eroi hanno un amico. Almeno uno.
– Va bene anche un amico invisibile? – domandai.
– Purché lui riesca a parlargli. A confidargli i suoi dubbi.
– Ci penserò.
Mi ero fermato fuori dalla porta.
– Un amico è la sola differenza, – disse ancora il Maestro Gabor.
– Mi scusi?
– La sola differenza tra un eroe e un pazzo.

Quella sera, quando uscii dall'appartamento del professor Gabor, il cielo era striato di lame rosse, come se il sole si fosse impigliato tra le spine.
Passai a prendere Zio Szabó all'officina e, con la sua scatola di fumetti, andammo a casa di Agota. Zio Szabó aveva insistito in modo particolare per accompagnarmi.
– Dicono che sia una bellezza, – mi confidò, mentre ci avvicinavamo al suo distretto.

– È vero, – confermai.
– E tu come fai a conoscerla?
– È venuta un paio di volte a casa mia quando lavorava come sarta insieme a mia mamma: avevano delle camicie da cucire insieme. Io avevo lasciato un fumetto in camera, lei l'ha visto e...
– Ed è entrata in camera tua?
– Be', sí.
Zio Szabó fischiò.
Provai a suonare al citofono, ma, come sempre, era rotto. Zio Szabó guardò in alto e disse: – Dunque è qui che vive. Non è troppo lontano dall'officina.
– Te l'avevo detto.
Salimmo a passo svelto.
Bussai alla porta scrostata di Agota. – Spero solo che sia in casa.
– E che non sia impegnata, – aggiunse Zio Szabó.
Bussai una seconda volta.
La porta si socchiuse.
– Sándor? Che ci fai, qui?
Agota indossava una lunga gonna di ritagli di stoffa e una maglietta leggera. Guardò prima me e poi il mio amico.
– Lui è Szabó, ma lo chiamiamo tutti Zio. Lei è Agota.
Si strinsero la mano.
– Volete entrare? – ci domandò la mia amica.
– Sí, grazie.
– Che ci fate, qui?
– Sono venuto a chiederti un piacere... – le confidai, al volo.
– Due, – precisò Zio Szabó.

– Venite dentro, forza. Vi preparo un tè?
– Non so se...
– Sí, grazie. Molto volentieri, – mi scavalcò Zio Szabó.
In casa di Agota c'era odore di cera e di incenso. Come sempre, tutte le finestre erano chiuse.
– Per via della musica, – spiegai a Zio Szabó.
Ma sembrava che lui ne sapesse molto piú di me.
Ci accomodammo in cucina e spiegammo ad Agota di che favore si trattava. Lei ci rispose che non c'era nessun problema a tenere per un po' i fumetti. A patto di poterli leggere, specificò.
Il bollitore del tè cominciò a fischiare.
– E la seconda cosa? – domandò lei.
Zio Szabó si tossí dentro al pugno, imbarazzato.
Lei gli serví il tè. Io avevo ancora la gola ustionata dal caffè bollente del Maestro Gabor. Mi congedai il prima possibile e tornai a casa da solo, quella sera.
Zio Szabó era rimasto da lei a prendere il tè.

## 17. Fantasmi dell'Opera

Galleggiavamo.

Stavamo lí, di vedetta, aspettando che ci succedesse qualcosa.

Che la preside mi convocasse di nuovo nel suo ufficio, o convocasse Nikolai. Aspettando che gli amici di Bibo irrompessero in camera sua. Che i poliziotti frugassero nell'officina di Zio Szabó.

Ma non successe niente.

Lajos tornò a scuola ed evitò accuratamente di incontrarmi.

Io feci altrettanto.

I professori non cambiarono il loro comportamento nei miei confronti. Mio padre era sempre piú arrabbiato con me e non c'era sera che non alzasse la voce.

Mia madre, invece, non parlava quasi piú.

Budapest si preparava all'estate: i bar avevano messo fuori i tavolini, i negozi avevano lavato le vetrine, i giocatori di scacchi avevano portato al parco i loro eserciti di pedine.

Era tutto normale, apparentemente.

Il nostro stato di allarme durò cinque giorni, poi sette, infine dieci. Aspettavamo con tutta calma di abbassare il livello di guardia, e che lo abbassassero anche gli altri.

Nikolai e io usammo il tempo a disposizione per scrivere il nostro Fog Grey. Disegnammo la mappa del suo rifugio nel sottosuolo. Creammo i profili dei suoi storici nemici. E non solo. Nikolai disegnò un'immensa macchina da tortura piena di tubi e leve e meccanismi, spiegandomi poi che era stata quella a esplodere e a rendere tutti immortali. E questo andava bene.

Ma... come faceva Fog Grey a volersi vendicare dei suoi torturatori, se non poteva ricordarsi di loro?

– Per via del suo odore, naturalmente.

Io ero impegnato a scrivere un dialogo tra Fog Grey e la Dottoressa Pravda, quando Nikolai mi strattonò.

– Mi hai sentito, zuccone? È colpa del suo odore.

– L'odore di chi, scusa?

– Fog può sentire i sentimenti degli altri come se fossero odori, giusto? – mi ricordò lui, sfilandosi gli occhiali dal naso, dove lasciarono una profonda orma rossa.

– Sí.

– E allora deve sentire anche il suo, di odore. È l'odore della vendetta. Quando si avvicina a uno dei suoi vecchi nemici, comincia a traspirare in modo incontrollabile. E lui capisce che deve vendicarsi.

Wow.

E anche questo problema era stato messo a posto.

Eravamo in alto mare nell'inventargli una spalla. Io insistevo per mettercela. Nikolai non ne voleva sapere.

– E se avesse tre dita?

– No... c'è già NightCrawler degli X-Men...

– Ma che c'entra! Lui è una specie di diavolo.

– E vabbe'.

– E se fosse una donna?

– E secondo te un uomo può avere una donna come miglior amica...?
Mi sembrava del tutto impossibile.
– Uno come Bibo?
– Naaa...
– Deve avere un amico, – dissi. La frase del Maestro Gabor mi era rimasta conficcata in testa, e non aveva alcuna intenzione di andarsene.
– Andiamo a farci due passi, – propose lui.

Ci piaceva camminare per le strade.
Amavamo la vita protetta dei Cortili durante l'inverno, ma con l'avvicinarsi dell'estate valeva la pena di perdersi e bighellonare, come avrebbe detto il signor Kádár.
La gente sedeva sui marciapiedi a parlare di politica, gli strilloni annunciavano le notizie importanti dei giornali, i rigattieri facevano circolare aria calda nei loro magazzini di mobili tarlati, residuati bellici e gioielli rubati, e vecchi artisti ambulanti facevano i ritratti ai clienti stranieri che passeggiavano fuori dagli hotel.
Davanti al palazzo dell'Opera c'era un certo movimento: si faceva un concerto di musica classica ogni pomeriggio alle sei, e uno alla sera, destinato alle autorità.
Nikolai e io ci infilammo tra le automobili nere e i taxi, sbirciando le persone che salivano e scendevano lungo la scalinata. Sentimmo gli accordi di prova dell'orchestra e passammo oltre, leggeri e pensierosi al tempo stesso.
– Può essere la maschera del teatro, – dissi, all'improvviso.
– Che maschera?

– L'addetto alla sala del teatro si chiama «maschera». E il professor Gabor mi ha raccontato che uno dei passaggi segreti del sottosuolo era collegato proprio con un palco dell'Opera.
– Vai avanti...
– Quel palco non è mai occupato da nessuno. Ma è regolarmente pagato. Si dice che ogni tanto una figura grigia sieda all'ombra ad ascoltare i concerti, ma, quando si accendono le luci, è già scomparsa...
– ... Nessuno può dire con certezza di averla vista. Tranne forse... una ragazza...
– Esatto. Una ragazza che va ai concerti con suo padre e che siede proprio di fronte al palco misterioso, dall'altro lato dell'Opera.
– Fantastico...
– Lei sa con certezza che la figura grigia è un uomo in divisa. Ma se lo prova a domandare a qualcuno, compreso il capo sala, la maschera, tutti le rispondono che in quel palco non c'è mai nessuno.
– Torna tutto... – mormorò Nikolai. – Ma cosa c'entra la maschera?
– La maschera è il custode del teatro. È un uomo di una certa età che ne ha viste di tutte. Diventa da subito il miglior amico di Fog Grey. Quando non deve uccidere i criminali, o vendicarsi, Fog ascolta l'Opera, in silenzio, nascosto agli occhi di tutti...
– Tranne che a quelli della bella ragazza...
– Guarda l'Opera e guarda anche lei, anche se sa di non potersi permettere di innamorarsi di lei.
– Wow!

– Forse confida qualcosa all'addetto di sala, chiede come si chiami quella ragazza, e lui risponde... risponde....
– Magdoline.
– Come?
– Magdoline. Non ti piace?
– No, va benissimo: Magdoline. E dopo aver conosciuto il suo nome, Fog Grey veglia su di lei, senza però farsi mai vedere.
– Sí! Sí! Ci sta. Come un angelo custode...
– Quando il teatro è vuoto, e non ci sono spettacoli, lui e la maschera dell'Opera parlano.
– Lo fanno di notte, quando sono da soli. Ma non parlano di crimini e di criminali.
– No! Figurati! Parlano di musica. Di cantanti. Di opere liriche.
– Fog Grey è un musicista?
– Suonava il piano, – risposi, di getto. – Ma non è un esperto di musica. Direi piú che altro un appassionato. Il suo amico, invece, è un intenditore. Uno dei maggiori intenditori della città, anche se nessuno lo sa.
Andammo avanti cosí: eravamo due ragazzini che passeggiavano parlando di cose fuori dal mondo, che comprendevano solo l'uno grazie all'altro, e ci immaginavamo due personaggi fuori dal loro mondo, che facevano la stessa cosa.
– E come lo chiamiamo, questo amico dell'Opera?
– János, – rispose Nikolai, senza esitazioni.

L'odore della vendetta cominciò a farsi sentire il venerdí seguente.
Mancavano pochi giorni all'11 giugno, una data che per noi

sarebbe stata fatidica. Dopo il periodo di silenzio e di inattività che ci eravamo imposti, eravamo incuriositi e preoccupati: volevamo scoprire se il signor Francia Kiss sarebbe tornato, o se ci avesse abbandonato per sempre.
Prima di quell'incontro, però, dovevamo ancora concludere la faccenda di Lajos. E concluderla in bellezza. Durante le ultime settimane Nikolai non aveva perso occasione per ribadire quella che doveva essere la nostra linea di condotta: vendetta, senza esitazioni.
Bibo, Zio Szabó e io sapevamo bene che dietro a quella richiesta c'era qualcosa di piú della semplice rappresaglia per la soffiata alla preside, e che Nikolai ci stava chiedendo soddisfazione per vecchie questioni tra loro due.
In circostanze normali sarei passato oltre, ignorando il problema. Ma passare oltre significava lasciare da solo Nikolai. E significava anche che, una volta da solo, Nikolai avrebbe lasciato solo me.
E io non ne avevo il coraggio.
Mi atterriva l'idea di dover trascorrere i pomeriggi in casa, dove l'umore di mio padre, che camminava senza sosta nelle nostre quattro stanze, aveva lasciato dietro di sé come uno strato di sabbie mobili che ora impregnavano il pavimento, e dove mia madre, sempre piú trasparente, trascorreva buona parte delle sue ore chiusa in bagno, immersa nell'acqua calda.
Certo, se avessi litigato con Nikolai mi sarebbero comunque rimasti Bibo e Zio Szabó, ma entrambi erano quel tipo di amico che si incastra perfettamente in certe giornate, ma non in tutte.
Un amico leggero, per cosí dire.

Cosí, alla fine, e malvolentieri, mi lasciai coinvolgere dalla nostra vendetta. Studiammo un piano dettagliato, lo mettemmo alla prova, poi, quando ne fummo convinti, andammo nel negozio di mangimi del signor Ferensky a procurarci i sacchi di juta e al monte dei pegni a comprare un cambio di vestiti per tutti e quattro.

Per ultima cosa tagliammo la tasca dei pantaloni di Nikolai con il coltello.

Al mattino del 9 giugno eravamo pronti.

Venni svegliato da uno strano rumore fuori dalla finestra di casa mia.

Scostai l'adesivo di Batman per cercare di capire da dove provenisse.

Un corvo era rimasto imprigionato nella grondaia del tetto.

Le prime tre ore di scuola furono interminabili.
Faceva un caldo infernale e avevo la sensazione di scalare una montagna a mani nude. Mi sentivo osservato, sudavo e probabilmente avevo la febbre.
Nikolai e io badammo a non scambiarci nemmeno uno sguardo. Lajos, in prima fila, seguiva diligentemente la lezione di storia.
Quando venne il momento della ricreazione, ci dividemmo. Il caldo era ormai diventato soffocante. Tenni d'occhio Lajos, mentre Nikolai si dileguava, usciva in cortile e, senza farsi vedere, apriva un cancello sul retro del cortile. L'avevo notato la prima volta quando ero salito nell'ufficio della preside e nei giorni precedenti l'avevo provato, per essere sicuro che fosse possibile aprirlo.
Bibo entrò di nascosto nella nostra scuola.
Aveva indossato una felpa con il cappuccio, per nascondersi meglio; Nikolai aveva i pantaloni cui avevamo tagliato la tasca.
Bibo entrò nella scuola.

Toccava a me.
Individuai la porta dei bagni maschili, in fondo al corridoio.
E diedi una sbirciata all'ora. La ricreazione era nella sua parte

centrale, come da programma: avevamo cinque, sei minuti per prendere posizione.

Mi fermai a chiacchierare con un ragazzo di un'altra sezione e mi piazzai in modo da poter tenere sotto controllo sia i bagni, che Lajos.

Passò un minuto, due. Vidi sbucare Bibo in fondo al corridoio, la felpa calcata sul viso, da cui sbucava solo il naso.

– Signor Morchas! – esclamai a quel punto, intercettando il bidello che strascicava i piedi a pochi passi da noi. – Proprio lei, cercavo! Stavamo parlando della testa d'orso del secondo piano!

Il vecchio bidello mi guardò stupito.

– Testa dell'orso? – bofonchiò.

Mi piazzai tra lui e la porta dei bagni maschili. La sentii aprirsi, chiudersi, e immaginai cosí che Bibo fosse riuscito a entrare, indisturbato.

– Ma sí, quella davanti alla presidenza! – continuai, per non sembrare del tutto folle. – È vero che possiamo salire a vederla?

Due minuti alla fine della ricreazione. Con la coda dell'occhio, vidi Lajos uscire dalla nostra classe. Metodico, come tutte le altre mattine, cominciò a dirigersi in bagno. Aspettava sempre che la ricreazione fosse quasi finita, usciva dalla classe, andava in bagno e ritornava non appena l'eco della campanella si era spento.

Mi balzò il cuore nel petto. Non lo guardai mai, ma lo percepii passare accanto al nostro terzetto.

– Lo faccia salire, la prego, signor Morchas! – esclamai. – La faccia vedere anche a lui!

Li costrinsi ad accettare.
Il bidello e il mio compagno di scuola cominciarono a salire i gradini della scala che portavano al secondo piano, e io girai rapidamente sui tacchi.
Il signor Morchas era fuori dai piedi per almeno cinque minuti.
Entrai in bagno.

Gocciolare d'acqua.
Da un lato, tre lavandini uno accanto all'altro. Dalla parte opposta, tre porte chiuse.
Secondo i piani, Bibo doveva essersi chiuso in quella in mezzo.
Mi chinai a sbirciare sotto alle porte, per capire dove fosse Lajos.
Prima porta.
Scelsi l'ultima.
Entrai nel minuscolo cubicolo e armeggiai per finta con i miei vestiti. Sentivo le dita scottare e i polpastrelli doloranti.
Il vociare dei miei compagni di scuola era lontano, remoto, come se venisse da un altro pianeta.
Canticchiai con la lingua tra i denti la sigla di *Neighbors*, la serie tivú che avevamo deciso di utilizzare come segno di riconoscimento.
E sentii Bibo nel cubicolo vicino, che prima si schiariva la voce e poi iniziava, mascherando il tono: – Sándor, sei tu?
– Sono qui, – risposi, a voce sufficientemente alta perché Lajos, nell'ultimo bagno, potesse sentirmi.
– Pensavo che non saresti venuto.
– Ho avuto dei problemi.

– Me ne sono accorto. L'ultima consegna di fumetti è stata un disastro.
– Ascolta...
– No, ascolta tu. L'incontro con gli altri è per oggi al solito posto, al crepuscolo. La parola d'ordine di questo mese è: Ronin.
– Devi ascoltarmi!
– Che succede, Sándor?
– Mi hanno scoperto. La preside ha intercettato i miei fumetti e mi ha messo gli occhi addosso.
Ci fu un lungo momento di silenzio, in cui anche il gocciolare del rubinetto si interruppe. Eravamo solo noi tre, e se Lajos ci stava ascoltando, nemmeno fiatava.
Bibo doveva gettare l'ultimo amo. – Conoscevi i rischi... Spacciare fumetti non è da tutti. Vuoi tirarti indietro?
– Credo di sí. Ho davvero paura che mi becchino.
– Hai scelto il momento sbagliato, Sándor. Domani ci saranno tutti i capi. Hanno una partita grossa. Roba di valore.
– Ma io voglio uscire dal giro.
– Noi abbiamo bisogno di piazzarla. È troppo tardi per tirarsi indietro. Mandaci qualcuno.
– Ho un amico. Lo dirò a lui.
– Deve essere una persona fidata.
– Lo è.
– Mandaci una persona, oppure salta tutto. Oggi, al crepuscolo. La parola d'ordine è: Ronin. Pensi di riuscirci?
– Credo di sí.
– Stai chiuso lí dentro fino a quando non esco da qui. Pensavo di aver trovato un duro, invece avevo solo un bambino cagasotto.

Bibo fece scrosciare l'acqua, aprí e chiuse la porta dei bagni e se andò, veloce come era entrato.
Io rimasi immobile ancora qualche secondo, ascoltando. Lajos, se c'era ancora, poteva essere morto.
Uscii, mi lavai rapidamente le mani e tornai in classe.
Lui arrivò con qualche minuto di ritardo.
Si era sciacquato la faccia e aveva ancora i capelli umidi.

Nelle due ore che seguirono Lajos fu pizzicato un paio di volte dai professori, segno che era distratto. Alla fine della mattinata Nikolai e io facemmo in modo di uscire per ultimi.
Lajos fu ancora piú lento di noi.
Ottimo: ci stava osservando.
Mi misi davanti a lui, con Nikolai al fianco e mi avviai lungo il corridoio. Tirai fuori dal mio giaccone verde un vistoso foglietto rosso e lo infilai nella tasca dei pantaloni di Nikolai, quella che avevamo appositamente tagliato.
Feci il tutto in modo falsamente furtivo, allontanandomi da Nikolai come se avessi preso la scossa.
Lui continuò fino all'uscita, fingendo di non essersi accorto del mio foglietto, che avrebbe dovuto, con tutta naturalezza, scivolare per terra.
Sopra c'era scritto:
*SE VUOI I FUMETTI, VAI AL MAUSOLEO DEGLI EROI. CONOSCI L'ORA. LA PAROLA D'ORDINE È RONIN. NON POSSO DIRTI ALTRO. IO ESCO DAL GIRO.*

# 19. Deadman

– Vi dico che non usciva dalla tasca! Non ne voleva sapere! – esclamò Nikolai, frenetico.
Ci stava mostrando la tasca tagliata dei suoi pantaloni e saltellava davanti a noi come una scimmia.
– E poi come hai fatto?
– Ho cominciato a chinarmi avanti e indietro, e stringere e gonfiare le chiappe... cosí... fin quando non è caduto!
Ridemmo.
– E lui l'ha preso? – si informò Bibo.
– Se non l'ha preso, è un cretino... – disse Nikolai.
– E verrà?
Questo non lo potevamo sapere.
Era metà pomeriggio, e camminavamo rapidamente verso il Mausoleo degli Eroi, un nome altisonante per indicare un luogo particolarmente macabro del cimitero di Budapest. Non lo avevamo scelto a caso: gli eroi di cui si conservavano le ceneri non erano considerati tali dagli ungheresi, ma erano stati imposti durante l'invasione. Un po' come l'uomo che viveva con mia madre mi era stato imposto come padre.
Il Mausoleo era maestoso, ma deserto, e metteva i brividi, con tutte quelle colonne e i nomi dei morti, e la stessa data di morte per gran parte di loro: 1937. C'erano uomini, donne, bambini. Intere famiglie.

– Un cimitero di falsi eroi, per punire un autentico vigliacco... – aveva riassunto Nikolai, una volta che avevamo scelto di tendergli proprio lí la nostra trappola.

Entrammo dall'ingresso monumentale, con i sacchi in spalla. Da un lato, una distesa di lapidi tutte uguali. Dall'altro muri diroccati, e un campo incolto. Alcune figure si aggiravano tra le tombe con piccoli vasi di fiori, annaffiatoi di plastica verde, o con i bambini sotto braccio, ma in direzione del Mausoleo non c'era nessuno.
Avevamo un buon anticipo sul crepuscolo, l'ora che Bibo aveva scelto per l'incontro, ma già lunghe ombre si staccavano dagli angeli alati di guardia agli spiriti dei morti.
Io continuavo a sentire il cuore che mi pulsava nei polsi, e la testa calda, bollente, di febbre.
I nostri passi echeggiarono tra le colonne. Arrivati nel cuore del Mausoleo ci preparammo. Ci cambiammo dalla testa ai piedi e indossammo i vestiti che avevamo comprato al monte dei pegni: vestiti di taglie diverse dalle nostre, capaci di nasconderci e farci sembrare piú grandi di quello che eravamo.
Zio Szabó, Bibo e Nikolai si cambiarono anche le scarpe, mentre io tenni le mie, che erano sufficientemente vecchie e sufficientemente anonime perché Lajos non le potesse riconoscere.
Poi provammo le maschere: quattro sacchi di juta in cui avevamo forato gli occhi e che stringemmo al collo con una corda annodata. Ci guardammo l'un l'altro: eravamo quattro orribili spaventapasseri nascosti in un tempio deserto.
Sistemammo davanti un altro sacco, in modo che sembrasse pieno di giornali (e lo era, ma non certo fumetti), e perlu-

strammo per l'ultima volta il Mausoleo, per essere sicuri che non ci fossero sorprese.

Nessuno.

Riprovammo la scena, ci sistemammo i vestiti, infine ci levammo i sacchi dalla testa. Avevamo il tempo di indossarli all'ultimo momento, quando, e se, Lajos si fosse presentato all'appuntamento.

Ci mettemmo a sedere.

Mi bruciava la faccia.

Uno di noi, a turno, tenne sotto controllo il viale del cimitero.

Il sole cominciò a scendere.

Il cielo si scurí.

I corvi presero posizione sulle teste delle statue, come sentinelle in vista di un'imminente battaglia.

I cancelli orientali del cimitero vennero chiusi con fragore. Sapevamo che quello meridionale, invece, sarebbe rimasto aperto per tutta la notte.

– Ve lo immaginate, rimanere chiusi qui dentro? – ci domandò Nikolai, lugubre. – Con tutti questi morti...

Io tenevo la testa reclinata tra le ginocchia. Quando la sollevavo, non riuscivo a fare a meno di leggere i nomi scritti sulle colonne. Per ogni nome, immaginavo una storia diversa.

– A concentrarsi bene, i morti li si può sentire parlare... – mormorò Bibo. – Lo sentite, questo lontano bisbiglio?

– È il vento, – rispose Nikolai.

– E il vento che cos'è? – ribatté Bibo.

Fog Grey poteva parlare con i morti. Lui che era sfuggito alla

Morte, ora la conosceva bene. Gli bastava appoggiare la mano su un nome, su una tomba, per parlare con il suo spirito.
– Ma non può parlare con tutti... – dissi, ad alta voce. – Serve che ci sia davvero il morto, nella bara. O le sue ceneri.
– Hai la febbre alta, lo sai? – mi disse Nikolai. – Che cosa diavolo blateri?
– Sto dicendo che molte tombe sono vuote. C'è solo il nome, ma se le apri, dentro... sono vuote. Fog Grey non può parlare con quel tipo di morti. Ha bisogno del corpo.
– E chi è Fog Grey? – domandò Bibo.
– È un supereroe che è tornato dalla Morte per proteggere la città e liberarla dagli oppressori... – balbettai, faticando a tirare fuori ogni singola parola.
– E perché non l'ho mai letto?
– Perché nessuno l'ha ancora scritto, – rispose Nikolai. – È un'idea mia e di Sándor.
Bibo aveva i capelli che gli spiovevano davanti agli occhi. – E come vi è venuta?
– Come tutte le altre idee.
Bibo annuí, e per fortuna non fece altri commenti.
– Parla anche di noi? – domandò, dopo un po'.
– In che senso?
– C'è un personaggio che assomiglia a me?
– No, – rispose Nikolai. – Fog Grey era un tenente nazista che ha perso la memoria. E che vuole vendicarsi.
– Forte.
– Ha girato la svastica. Ed esce a combattere solo di notte.
– Non al crepuscolo? – domandò Bibo. – È piú bello, se esce al crepuscolo.

Indicò fuori dalle colonne. – Guardate che luce c'è.

Spalancammo gli occhi, rapiti. Il cielo sopra di noi era rosso, doloroso di febbre. A oriente le nuvole si soffocavano di indaco e diventavano nere d'inchiostro. A occidente, baluginavano gli ultimi squarci color dell'oro.

– È magnifico, – disse.

Aveva ragione: c'era qualcosa di magico e ineffabile, intorno a noi.

Zio Szabó abbandonò la sua posizione di sentinella e corse verso di noi.

– Lajos è qui! Sta arrivando! – gridò. – Preparatevi!

Bibo mi guardò un'ultima volta, prima di prepararsi alla battaglia.

– Ricordati di me, nel tuo fumetto, – mi ordinò.

Avrei voluto rispondergli che non era il mio fumetto, ma non ce ne fu il tempo. Nikolai aveva indossato il cappuccio e respirava rumorosamente con il naso.

Mi alzai in piedi. La testa mi scoppiava.

Aver ragione. Aver torto.

Giorno. Notte.

Luce. Buio.

Dimenticare. Pareggiare i conti.

Tanti confini invisibili.

Parla di noi, il vostro fumetto?

No, pensai. Non ancora.

Come vi è venuta l'idea?

Come le altre.

Ricordati di me, nel tuo fumetto.

Chiusi gli occhi, stordito.

Amici.
Nemici.
Eroi.
Vittime.
Mi sentii mancare.

## 20. Ronin

Lajos camminava lentamente, come un esploratore sul ghiaccio. Quando ci vide dietro all'ultima colonna, il terrore si diffuse sul suo volto e lo indusse quasi a girarsi e a scappare via.
Ma Nikolai fu piú veloce della sua esitazione.
Alzò il braccio destro come un sacerdote pagano, e poi indicò il sacco nero ai nostri piedi.
Lo sguardo di Lajos seguí il movimento del braccio, si fermò sul sacco, e lí recuperò coraggio.
Fece un mezzo passo avanti, titubante.
– Chi sei? – domandò a quel punto Zio Szabó, facendo la voce roca. Il sacco di juta che gli nascondeva il volto vibrò come una testa mostruosa.
Una paura sovrannaturale si impadroní nuovamente di Lajos. Si prese le mani una nell'altra e cominciò a strofinarsele, balbettando: – Io... io... mi chiamo... mi chia-chiamo... Lajos.
Osservandolo da sotto i buchi sfrangiati del mio sacco, mi stupii di come fossero svanite le sue abituali supponenza e sicurezza. Il perfido Lajos era diventato un bambino fifone.
Mi venne da ridere e al tempo stesso mi fece pena.
– Cosa ci fai, qui, Lajos? – tuonò ancora Zio Szabó.
– Io... ecco... no-non... mi è stato detto... di ve-venire qui... a prendere...

Indicò il sacco nero che secondo la sua immaginazione doveva essere colmo di fumetti e continuò, con maggior piglio: – Sándor mi ha chiesto di venire al posto suo... Ha detto che non vuole aver piú a che fare con voi. E che d'ora in poi dovrete trattare con me...

Non era vero! Non gli avevo detto nessuna di quelle cose!

– Se dici il vero... – cerimoniò Zio Szabó. – Allora ti avrà anche detto la parola d'ordine!

– Me l'ha detta. È Ronin.

Zio Szabó voltò la sua maschera verso di noi in modo plateale.

– Ronin, – ripeté, cercando conferma nei nostri volti di tela bucata.

– È il nome che si dava nel Medioevo ai samurai senza padrone, – disse ancora Lajos. – Samurai liberi di combattere per conto proprio.

– Sappiamo benissimo cos'è un Ronin! – esclamò a quel punto Nikolai, con una voce stridula.

Lajos aveva accusato il colpo e l'assurdità della scena a cui stava partecipando contribuiva ad accrescere il suo terrore.

Zio Szabó gesticolò per ristabilire l'ordine.

– Silenzio! Custodi! Lo straniero Lajos ci ha confidato una parola d'ordine! Io vi domando: la parola è giusta?

A Lajos cominciò a tremare il labbro inferiore.

Io annuii solennemente. E cosí fecero Bibo e Nikolai.

– La parola è giusta, – concluse allora Zio Szabó.

Lajos si inumidí le labbra, improvvisamente rassicurato con un piccolo sogghigno di soddisfazione.

– Allora avvicinati... – continuò Zio Szabó. – E vieni a riscuotere la tua parte...

Lajos si avvicinò di qualche passo: – Sándor mi ha detto che... se c'è qualche conto in sospeso, ci penserà poi lui!

Verme di un Lajos! Anche nella paura, mentiva. Ero dibattuto, come una farfalla infilzata da uno spillo.

– Vieni avanti! – squittí Nikolai, che, contrariamente, non aveva alcun dubbio su quello che stavamo facendo. – Inginocchiati e prendi i tuoi fumetti!

Lajos ci pensò un po' su, poi si inginocchiò sul pavimento freddo del Mausoleo e scostò i bordi di plastica del sacco.

Noi lo circondammo.

Era arrivato il momento di decidere: finirla lí, o andare fino in fondo.

– Per caso... Sándor ti ha detto perché vuole uscire dal giro? – gli domandò Zio Szabó, interrompendolo.

– Be', lo sanno tutti perché.

La sua espressione non cambiò. Le mani, affondate dentro al sacco, tastavano i giornali con cui l'avevamo riempito.

– Perché? – domandò Bibo.

Lajos afferrò un brandello di giornale.

– Perché sua mamma... – iniziò a rispondere.

E io non lo lasciai finire. Mi scattò qualcosa dentro, che non riuscii in nessun modo a controllare. Chiusi il pugno e lo scagliai contro Lajos, colpendolo dritto sul naso. La testa di Lajos scattò all'indietro come una molla. Io gridai: non avevo mai tirato un pugno a nessuno, in vita mia. E non mi aspettavo che potesse fare cosí male.

Poi barcollai, sconvolto da quello che avevo appena fatto e da come l'avevo fatto.

Vidi Lajos a terra che si contorceva e i miei amici, intorno, che sembravano ancora piú sorpresi di lui. Mi girai, e scappai via, piú veloce che potei.

Le luci si erano spente.
La città vorticava intorno a me.
Correvo senza pensare. Anzi: pensavo a una sola parola.
Vigliacchi.
Vigliacchi.
Vigliacchi.
Quattro contro uno. Altro che essere nel giusto. Altro che eroi.
Eravamo stati quattro vigliacchi. E non importava, o almeno non mi importava piú, se eravamo dalla parte giusta. Se avevamo ragione. Se mai avevamo avuto ragione. Con quella messinscena terrorizzante, con il mio pugno, con l'aggressione al Mausoleo, eravamo passati bruscamente dalla parte del torto. Ci eravamo comportati come le persone che dicevamo di detestare tanto.
Correvo, e la mano mi faceva male. Dovevamo solo spaventarlo! Solo spaventarlo! E invece lo avevo picchiato!
Non riuscivo a stendere le dita. Sentivo ancora nelle orecchie il momento in cui avevo colpito il suo viso, e in cui qualcosa aveva colpito me. Era stata la mia mano, ma non era davvero la mia. Come era potuto succedere? Come era potuto succedere a me?
Non lo sapevo.
Riuscivo solo a correre.
Quando Lajos aveva pronunciato la parola «mamma», mi aveva fatto scattare qualcosa dentro. Come una difesa. Avevo attaccato per difendermi. Ma da cosa?

Barcollai per le strade. I palazzi neri. Gli androni oscuri. Le statue ghignanti.
La realtà fluiva intorno a me con ondate di febbre.
Sfilavo tra persone che mi evitavano.
Ero un vigliacco. Un traditore. Un picchiatore.
Dovevamo solo spaventarlo!
Ma ero io, il piú spaventato di tutti.

Non so in che modo, né quando, trovai la via di casa. Entrai nei Cortili malfermo sulle gambe, e mi stupii di trovare tutte le luci accese e molte persone affacciate alle finestre. Mi stupii di tutta la gente che a quell'ora confabulava fuori. Riconobbi il signor Kádár, vidi che faceva un mezzo gesto verso di me, e subito mi ritrassi, spaventato. Mi tastai i vestiti, accorgendomi che indossavo ancora quelli del Mausoleo. Vidi con orrore che sulla punta delle mie scarpe c'erano tre goccioline scure.
Tre goccioline del sangue di Lajos.
Mi mancò il fiato. Prove e indizi erano contro di me, pensai. Il signor Kádár mi avrebbe scoperto, ci avrebbe scoperti, e puniti. Sí. Sarebbe andata cosí. Ma questa volta l'idea di essere punito non mi spaventò. La trovai giusta: che fosse il prezzo da pagare per la mia vigliaccata. Una punizione, sí. Una punizione doveva esserci.
E c'era.
Io non lo sapevo ancora, ma mi stava aspettando.
Cercai di defilarmi, di scomparire tra tutta quella gente riunita nel cortile e scoprii che era impossibile. Mi guardavano. Sussurravano. Mi guidavano verso le scale illuminate del mio

palazzo, e anche lí c'erano ad accogliermi occhiate e mormorii. Io pensavo a Lajos, pensai a suo padre che faceva il poliziotto, e pensai che lo avessero già detto a tutti e che avrei voluto gridare che avevano ragione, che avevo sbagliato e che non l'avrei fatto mai piú. Volevo gridare che non avrei mai piú picchiato nessuno, nemmeno il peggiore dei miei nemici, ma intanto salivo i gradini, e volevo scomparire, e non capivo perché tutte quelle persone ce l'avessero con me.

Continuavo a difendermi.

La porta di casa era aperta.

C'era gente anche dentro.

Cominciai a capire.

Mio padre, l'uomo che pretendeva di essere mio padre, si voltò.

– DOV'ERI? DOVE SEI STATO? – mi gridò.

Aveva il volto pieno di lacrime. Non era arrabbiato. Era distrutto.

Non gli risposi.

Le mie difese cominciavano a vacillare. Entrai nella camera di mamma.

– Mi dispiace... mi dispiace... – dicevano le voci intorno a me.

– Cosí giovane... cosí sfortunata...

– Prima il marito... poi lei...

Erano sussurri assordanti.

Il buio. Una prigione di buio. Il pavimento di sabbie mobili.

– Mamma? – domandai.

Lajos lo sapeva, e forse lo sapevano tutti. Lo sapevamo tutti tranne me.

Io lo sapevo che era molto malata, ma mi difendevo.

Sapere una cosa non significa crederci.
Si può sapere e tacere. Si può sapere e nascondere. Si può sapere e dimenticare. Si può sapere e reagire, si può combattere, si può vincere.
Sapevo che mia mamma stava male. Sapevo che combatteva ogni giorno per restare viva.
Sapevo che dovevo combattere con lei e insieme a lei. Che c'era un patto tra noi.
Ne avevamo parlato, e avevamo mangiato insieme le patate con la margarina fusa, sul mio letto.
– Mamma?
Anche nel buio della stanza, le tre goccioline di sangue sulla mia scarpa brillavano come galassie.
Era stata colpa mia. Ero stato io a rompere il patto.
Nessun segreto, tra noi.
Non potevo credere che fosse morta.
Non potevo credere che fosse morta proprio la sera in cui mi ero dimenticato di essere il suo unico eroe.

# 21. Giorni di un futuro passato

Al funerale venne moltissima gente.

Attraversammo l'intera città a piedi, in un lungo corteo doloroso, fino alle porte del cimitero, quello stesso cimitero. Cercai di non guardare il Mausoleo degli Eroi. Cercai di non guardare nessuno. Camminavo di fianco a mio padre, che non aveva mai smesso di piangere, e pensavo che fosse tutto assurdo. Che fosse un sogno, qualcosa che avevo inventato con la mia fantasia cosí danneggiata.

Io non avevo pianto e mi domandavo se dovevo farlo. Se dovevo far capire a tutti gli altri quello che provavo, o dovevo accontentarmi delle loro occhiate sospettose. Perché mi guardavano cosí? Perché mio padre non riusciva a fare a meno di piangere? Perché era tanto disperato?

Non aveva mai voluto bene a mia madre. Non l'aveva mai trattata bene. Non c'era mai stato niente tra di loro. Niente che fosse sceso fino a me, che mi avesse protetto, o rassicurato o... non lo so come poteva sentirsi un ragazzo amato da entrambi i genitori. Forse cresceva felice, non leggeva spazzatura, non credeva agli eroi, non aveva amici bislacchi e magari diventava un dottore o un avvocato o un ingegnere spaziale.

Ma tutto ciò che sentivo, fuori e dentro di me, durante tutto quel corteo e quel funerale e quello che ne seguí, era fatto di spine.

Mi odiavo, odiavo gli altri e odiavo mio padre. Odiavo quello che avevo fatto a Lajos, odiavo gli amici che non me l'avevano impedito e odiavo mio padre perché non si era accorto di nulla e aveva fallito anche in quell'occasione. Ora piangeva, perché lo sapeva che aveva fallito un'altra volta.
Non era esattamente un momento facile.
– Ehi, – mi salutò Zio Szabó, mettendomi una mano sulla spalla. Tutto qui, soltanto «ehi».
– Mi dispiace per tua mamma.
Una volta dentro al cimitero, il corteo si era sparpagliato intorno a noi, come una gigantesca macchia nera. Stavano seppellendo mia mamma.
– È andata cosí, – risposi.
– Fatti sentire, – disse Zio Szabó.
E da allora non ci incontrammo mai piú.

Passò della gente. Non li conoscevo, ma loro fingevano di conoscere me. E anche a loro dispiaceva.
– Grazie, – dissi.
Poi arrivò Bibo, mi abbracciò e mi tenne stretto a sé. I suoi capelli profumavano di pulito.
– Non dovevi venire, – gli dissi.
Lui aveva gli occhi lucidi, ma io continuavo a non riuscire a piangere. Smise di abbracciarmi, e ci stringemmo la mano, come due persone adulte.
– C'è anche Nikolai, – mi disse Bibo, tirando su con il naso.
– Non l'ho visto...
– Credo che preferisca rimanere invisibile... laggiú, da quella parte, – mi rispose Bibo, accennando un sorriso.

Seguii la direzione del suo sguardo e incontrai, lontano, gli occhiali rappezzati di Nikolai, in disparte da quella massa di persone.
Mi mostrò il palmo della mano e io risposi al suo saluto. Nikolai lasciò scivolare la mano lungo il fianco, come se fosse vuota, e si spostò.
Dietro di lui, a pochi passi, c'era Lajos, il volto scuro e tumefatto, con una vistosa bendatura sul naso.
Mi sentii un vuoto allo stomaco. Lajos se ne accorse e abbassò subito lo sguardo.
Mi appoggiai a Bibo.
– Va tutto bene?
Gli feci cenno di sí con il capo, ma non andava affatto bene. Non andava bene per niente.
– Ci vediamo, – disse Bibo.
– Sí. Ci vediamo, – mentii, lasciandolo libero.
Poi vennero tutti gli altri. Mi dissero che sapevano cosa stavo provando, che mia mamma era una persona speciale, che quella camicia l'aveva cucita proprio lei, che non era giusto, ma che io ero forte, che ero un uomo, ormai.
Un uomo: mi montava la rabbia al solo pensiero. Ma era solo un modo per non morire di paura.
– Devi buttarti tutto alle spalle...
– Devi pensare al futuro, Sándor...
– Devi trovare il modo di reagire, Joseph...
Alcuni sbagliavano anche il mio nome, o se lo dimenticavano, ma mi sforzavo di pensare che fossero comunque care persone, o che forse lo erano state per mia mamma.
Le feci passare una a una, facendole sfilare via, verso mio padre.

Altre, da mio padre, sfilavano verso di me. Facevamo la stessa cosa: stringevamo mani e ascoltavamo frasi tutte uguali, solo che lui continuava a piangere. Eravamo, non a caso, ai due lati opposti della tomba di mamma.

– Ciao, Sándor, – mi salutò il Maestro Gabor. – Non sono bravo con le parole. Mi dispiace.

Gli strinsi la mano sinistra, quella a cui mancavano due dita, e gli promisi che sarei passato a trovarlo.

– Voglio imparare a suonare, professore.

Non era vero. Non volevo affatto imparare a suonare. Volevo solo sapere qualcosa del pianoforte, e sentirmi piú vicino a Fog Grey.

Fog Grey: dov'era scomparso, lui? E come aveva fatto?

Il dolore non aiutava per niente a scomparire. Ti metteva al centro del mondo.

– Signor Földesi... porga le mie condoglianze a suo padre...

Sgranai gli occhi. Che cosa ci faceva, lí, la mia preside? Perché era venuta?

– La ringrazio –. La sua mano era viscida e collosa, ma mi sforzai di stringerla con forza, anche se mi facevano ancora male le dita. – Credo che per qualche giorno non verrò a scuola. Può avvertire lei i miei professori?

Si perdette tra le altre persone. Ne arrivarono altre.

Bagliori di collane.

Frusciare di vestiti.

Vecchie scarpe che facevano male ai piedi.

– Vieni quando vuoi, hai capito? Ti aspetto con un buon tè... – mi sussurrò Agota, quando fu il suo turno.

Le sorrisi.

– Senz'altro.
Ognuno mi offriva quello che poteva.
Strinsi anche la mano del signor Kádár. Mi sorprese sia il vigore di quella stretta, sia ciò che mi disse: – Ora sei tu, quello che deve badare a tuo padre.
– Grazie, signor Kádár.
– E lascia stare tutti quei fumetti.
– Ha ragione, – gli risposi.
Ma in realtà nemmeno la sentii, quella frase. Avevo risposto meccanicamente, senza pensare, e poi la dimenticai, la confusi tra tutte quelle che avevo ascoltato, pensai perfino di essermela sognata.
Arrivò altra gente, altre frasi, altre strette di mano.
Ma, contrariamente a quanto mi sarei aspettato, non piovve.

Molto tempo dopo, quello stesso giorno, chiudemmo la porta di casa.
– Hai visto quanta gente c'era? – mi domandò mio padre sfilandosi la cravatta.
Aveva smesso di piangere.
Aprí il frigorifero, guardò dentro, imprecò. – Non c'è niente, in questo dannato frigo –. Si soffiò il naso in un fazzoletto e aprí i mobili alla ricerca di qualcosa da mangiare. – Dico, Sándor? Hai visto quanta gente è venuta?
Lo guardai.
Io e lui da soli in quella casa sterminata.
C'era tantissima gente, sí.
Ed ero completamente solo.

Mi addormentai di colpo.
Non sognai.
Dormii per tutta la notte e per tutta la mattina seguente.
Sentivo mio padre che si muoveva tra le stanze, che apriva e chiudeva gli armadi, ma non aprii mai gli occhi. Mi sentivo al sicuro, protetto dalla serratura Yale modificata da Zio Szabó e dal richiamo di Batman sulla finestra.
Quando mi svegliai, era pomeriggio inoltrato.
Era il pomeriggio dell'11 giugno.
Il nostro giorno di consegna.
Saltai in piedi come se non fosse accaduto niente, come se avessi sognato. Urtai il tavolo pieno di fogli, e uscii dalla camera aspettandomi di incontrare mia mamma, pallida e provata, ma ancora lí, in piedi, viva accanto a mio padre.
Invece c'era solo lui, con un giornale aperto sulle ginocchia. Aveva messo due uova a bollire sul fuoco.
– Alla buon'ora, – mi disse. – Ti sei svegliato?
La mamma non c'era. Non c'era piú, davvero.
Feci dietro front, senza dire una sola parola.
– Sándor! Che cosa fai?
Era l'11 giugno.
Era giorno di consegna.
Il signor Mikla Francia Kiss.
Alle cinque.
Dovevo lasciarmi tutto alle spalle.
Dovevo pensare al futuro.
Mi sentii mancare il fiato.
Che cosa dovevo fare?
Uscire di casa.

Tornai in camera, mi vestii, levai l'asse della mia cassaforte segreta, presi un rotolo di fiorini dal barattolo di conserva e me lo cacciai in tasca.

– DOVE VAI? – mi gridò mio padre.

Ma ero già uscito.

Fog Grey aveva una moto, o un sidecar, con il quale si spostava per le vie della città. Gli piaceva sentire il viso sferzato dall'aria. L'ebbrezza della velocità lo faceva sentire vivo.
Avevo speso i fiorini per comprarmi una bicicletta. Era vecchia come quella di Nikolai, ma aveva il telaio nero e la sella da gara. Aveva le ruote sottili e la catena che schioccava. Aveva due freni perfetti. E filava come un lampo.
Percorsi a folle velocità tutto l'argine del Danubio, sfilando tra la gente e schivando gli ambulanti. Pedalavo in piedi, piú forte che potevo.
Il vento mi schiaffeggiava, e mi strappava le lacrime che non ero riuscito a piangere.
Sono qui, mamma! Sono qui! E non sto soffrendo.
Sono un uomo!
Pedalavo a tutta velocità, incurante delle proteste degli altri, del traffico, dei segnali stradali, delle regole: tagliavo in due la vita di quella strana città divisa in due, Buda da un lato e Pest dall'altro, per sentire che ne facevo ancora parte. Vita e morte. Giorno e notte. Buda e Pest. Ragazzo e uomo. Tutto ciò che mi circondava era diviso in due metà contrapposte, separate da una linea invisibile.
L'invisibile.
Come faceva a far cosí male?

Arrivai all'isola Margherita in perfetto orario. Il sole era ancora alto nel cielo e l'acqua del Danubio gorgogliava di un insolito azzurro.
Mi gettai nei vialetti, svoltai e svoltai ancora, a memoria. Raggiunsi la nostra panchina.
E c'era! C'era!
Vidi una figura seduta di schiena e pensai davvero che fosse il signor Mikla Francia Kiss, che fosse tornato, ma poi notai la bicicletta rossa abbandonata per terra, e capii che non era il signor Mikla Francia Kiss.
– Nikolai?
Il mio amico si voltò, tossí e si sistemò gli occhiali sul naso. Si alzò in piedi, imbarazzato, come se l'avessi sorpreso a rubare.
– Sándor...
– Che ci fai, qui?
Scesi dalla bici e la spinsi fino alla panchina.
– Non sapevo dove andare, – rispose lui.
– Il signor Francia Kiss... non è arrivato, vero?
– No.
Mi sedetti accanto a Nikolai, a guardare le anatre che si lasciavano guidare dalla corrente.
– Come stai? – mi domandò.
– Non lo so, – risposi.
E poi gli raccontai tutto.
Gli raccontai di come era mia mamma, del fatto che l'uomo che era in casa mia non era il mio vero padre. Gli raccontai che lo odiavo e che lui odiava me. Gli raccontai che avevamo sbagliato a vendicarci con Lajos e che lui non aveva colpe verso di

noi. Gli mostrai le gocce di sangue sulle mie scarpe e gli dissi che non sarebbero mai piú andate via. Gli spiegai dove si trovava il nascondiglio dei miei fumetti e quanti fiorini avevo messo da parte. Gli confessai che senza mia mamma mi sentivo un estraneo a casa mia. Gli ribadii che non pensavo affatto di essere un uomo, perché un uomo non dovrebbe picchiare un indifeso. Gli dichiarai solennemente che non sarei mai piú andato a scuola, che non volevo piú incontrare nessuno dei nostri vecchi amici, che non volevo scrivere, né terminare il nostro fumetto. Gli annunciai che dovevo fare qualcosa di mio, di solo mio, e che dovevo capire chi ero davvero, e che quando l'avessi capito mi sarei comprato una penna come quella della preside.

Gli raccontai tutto senza mai guardarlo in faccia, parlando fino a farmi venire male alla gola. Non gli diedi mai il tempo di farmi una domanda e lui non me ne fece, quando ebbi finito.

Quando ebbi finito era l'ora del crepuscolo, e il signor Francia Kiss non era ancora arrivato.

– Non verrà mai piú, – decisi, alzandomi in piedi.

– No. Credo proprio di no, – disse Nikolai.

Tornammo a casa, protetti dai nostri Cortili, e per tre giorni non ci incontrammo piú.

L'esame di fine anno scolastico era importante, ma non avevo nessuna intenzione di affrontarlo.

Prima della morte di mia mamma la sola idea di dover perdere l'anno, o di non essere ammesso per colpa dei fumetti mi aveva fatto impazzire di paura, mentre adesso che lei non c'era piú, e mi rigiravo nel letto o trascorrevo le giornate a pedalare per le vie della città, non mi interessava.

In pochi giorni la scuola di via Práter e i suoi professori non appartenevano piú al mio mondo. Il mio mondo era diventato all'improvviso privo di regole, e di scopi.

Mangiavamo all'ora che capitava, e quello che capitava. Io sapevo cucinare qualcosa, se c'era mio padre metteva le uova a bollire.

Ci parlavamo il meno possibile.

Passò una settimana.

Io uscivo in bicicletta durante i pomeriggi. Lui usciva di notte e tornava a casa barcollando.

Mi chiudevo sempre in camera dopo cena e se lo sentivo urlare, o cantare, o sbattere i cassetti, nascondevo la testa sotto il cuscino, e aspettavo che passasse.

A volte provava a entrare nella mia camera. Sbatteva la porta, e mi chiamava.

– Sándor!

– Sándor!

– RISPONDIMI, SÁNDOR!

Ma io facevo sempre finta di non sentirlo, e il giorno dopo uscivo prima che lui si svegliasse. Quando ci incontravamo di nuovo lui faceva finta di niente, o se ne era già dimenticato.

Con il passare dei giorni, smisi anche di pensare a Fog Grey.

Non ne avevo piú bisogno.

O, almeno, cosí credevo.

Una decina di giorni dopo la morte di mia mamma (le giornate erano tutte uguali, e ne avevo perso il conto), mi tornò in

mente la frase che il signor Kádár aveva pronunciato durante il funerale.
Smettila con quei fumetti, mi aveva detto il signor Kádár, l'uomo che si fingeva un dottore, ma in realtà lavorava per il Dipartimento III/III della Polizia Segreta.
Come aveva potuto darmi quel consiglio, senza sapere quello che facevo? Quindi lo sapeva, sapeva dei fumetti. Ma come faceva a saperlo?
Mi stava davvero sorvegliando?
Ripensai a tutte le volte che l'avevo incontrato nel cortile, quando fingeva di aspettare qualcuno e quando io fingevo che stesse orchestrando un complotto contro di me.
Era tutto vero?
Il signor Kádár aspettava davvero me?
Ripensai ai sospetti che avevo avuto su di lui, quando mi ero convinto che il signor Francia Kiss fosse sparito per colpa di Kádár, e Nikolai e io l'avevamo seguito fino al ristorante, dove aveva parlato con l'uomo con i baffi. E poi erano saliti su due taxi ed erano andati... dove?
Smettila con quei fumetti.
Avevo davvero inventato tutto?
Oppure...
– Lo sapeva... – mormorai.
Il signor Kádár sapeva di noi.

Bussai alla porta di Nikolai.
– Ah, sei tu, – mi salutò il mio vecchio amico. Aveva le mani imbrattate di inchiostro. – Entra.
Ebbi un brivido.

– Non voglio entrare, – gli risposi.
Lui tirò su con il naso. – Come vuoi. Allora... cosa... sei venuto a fare?
– Il signor Kádár sapeva dei fumetti, – gli dissi. – Me l'ha detto al funerale di mia mamma.
Nikolai rimase impietrito.
– Come faceva a saperlo?
Mi strinsi nelle spalle.
– Sai cosa significa?
– No.
– Dobbiamo... – Nikolai aprí le braccia. Non sapeva cosa dovevamo fare. Non ne aveva la minima idea.
– Te la ricordi questa? – gli domandai.
Gli mostrai un giornale che avevo trovato tanto tempo prima. Un'infinità di tempo prima. Un giornale che avevo completamente dimenticato: era la copia della *Irodalmi Ujság*, la «Gazzetta Letteraria», che avevo trovato sotto alla panchina, il giorno in cui il signor Francia Kiss non si era presentato.
Nikolai annuí. – Me la ricordo, sí. Che cosa vuoi fare?
– Hai voglia di venire con me?

Saltammo in sella e cominciammo a pedalare, diretti verso il quarto distretto, all'indirizzo riportato dalla «Gazzetta Letteraria». Era una rivista che aveva da poco riaperto i battenti, dopo che era stata chiusa nel 1956, in seguito alla rivolta di Budapest, e si era dovuta spostare prima a Vienna, e poi a Londra. Ma noi, questo, lo ignoravamo. Pedalavamo in modo forsennato perché eravamo convinti che, in questo modo, avremmo chiuso il cerchio. Forse avremmo finalmente saputo qualcosa di piú sulla scomparsa del nostro misterioso fornitore di fumetti, o forse sarebbe stata semplicemente la nostra ultima avventura insieme, fatto sta che sentivamo entrambi che stavamo facendo qualcosa di importante, qualcosa che ci saremmo ricordati nei nostri anni a venire.

Due ragazzi in sella a una vecchia bicicletta rossa e a una vecchia bicicletta nera.

Era questo che eravamo.

Mentre spingevo in piedi sui pedali, avevo ritrovato il sorriso, e cosí Nikolai. Eravamo di nuovo nel nostro mondo, quello degli eroi dei fumetti, delle consegne illegali, delle storie proibite. La nostra fantasia correva sui pedali, al ritmo delle catene sferraglianti, anticipandoci in qualunque luogo fossimo diretti. Era come quando eravamo entrati nel Caffè degli Artisti e ancor prima di metterci il naso ci eravamo costruiti un mondo immaginario di musica, creature notturne e donne mozzafiato. La «Gazzetta Letteraria» che ci aspettava la vedevamo densa di uffici meccanizzati, scrittori robotici, pagine bianche, inchiostri esotici, macchine tipografiche che sbuffavano nelle cantine, rotative in funzione, getti di vapore, caratteri mobili, presse, lame che ghigliottinavano grandi fogli di stampa, e nelle soffitte, avvolti in matasse di polvere, gli impiegati, gli scrittori, i poeti e i giornalisti.

Vedevo già davanti ai miei occhi il grattacielo della Stampa Libera, là dove si stampava l'unico giornale che raccontava le imprese di Fog Grey.

Lo gridai a Nikolai, ma lui pedalava davanti a me, e non mi sentí.

La ragazza che lo guardava all'Opera lavora in quel grattacielo, in quel giornale. È una Libera Scrittrice. E per questo motivo è sempre in pericolo.

Wow. Era perfetto!

Perché non ci avevamo pensato prima?

Perché avevo trascorso tutti quei giorni senza pensarci piú?

Raggiungemmo l'indirizzo della «Gazzetta Letteraria» e lasciammo le biciclette a bordo del marciapiede.

– Senti, Nikolai... – gli ripetei, ansimando per lo sforzo. – Mi è venuta un'idea. Perché non mettiamo un grattacielo che...

– Che schifo di posto, – disse invece lui, sollevando lo sguardo verso l'edificio che ci stava davanti.

Esattamente come al Caffè degli Artisti, anche la sede della «Gazzetta Letteraria» fu una cocente delusione.

Salimmo i pochi gradini che ci dividevano dall'ingresso, suonammo tre volte il campanello e ci facemmo aprire. La «Gazzetta» occupava un grande appartamento al primo piano, un normalissimo appartamento ricoperto di moquette color grigio scuro. C'erano alcune scrivanie con delle macchine per scrivere e delle persone con la barba sedute alle scrivanie con le macchine per scrivere. C'era anche, ma non lo riconobbi perché era il primo che mi capitasse di vedere, un personal computer con il monitor a fosfoni verdi. Era un relitto tedesco della Commodore, finito lí per puro accidente e concesso in uso al redattore capo.

– Desiderate, ragazzi? – ci domandò una signorina che aveva la sua scrivania proprio davanti all'ingresso e che da come sorrideva poteva essere una scrittrice, o una segretaria, o anche la donna delle pulizie.

Non c'erano lampadari, ma lampadine appese ai fili.

– Stiamo cercando il signor Mikla Francia Kiss, – risposi, mettendo entrambe le mani sul bordo della sua scrivania.

– E lavora qui?

– Non ne siamo sicuri, – ammisi con un sorriso. – Ma è l'unico indirizzo che abbiamo.

La signorina controllò i nomi su una lista, li controllò una seconda volta e poi ci disse: – Qui non c'è, ma... io sono nuova della redazione. Se mi date un secondo, vado a chiedere agli altri. Francia Kiss, avete detto, vero?

– Mikla Francia Kiss, – le confermai.

Sparí dietro un angolo dell'appartamento.

Aveva una gonna molto corta, sopra al ginocchio, che si muoveva insieme alla sua andatura. Anche Nikolai la notò e ci scambiammo una breve risata.

– Forse non abbiamo fatto un viaggio completamente a vuoto... – dissi, mentre aspettavamo.

Fu questione di pochi minuti. La signorina tornò da noi in compagnia di un uomo imponente, con una lunga barba e lunghi baffi, e un maglione nero, a collo alto, che doveva tenergli caldissimo.

– Piacere, ragazzi. Io sono István. È... è abbastanza una sorpresa che siate venuti qui.

– Anche per noi, – risposi.

Ci stringemmo la mano, ma ci dimenticammo di dirgli come ci chiamavamo.

– Venite pure con me.

Ci fece strada tra gli altri uffici da dove proveniva un ticchettio di tasti e c'erano persone che parlavano fitto tra loro e altre che si tenevano la testa con le mani.

Aprí la porta sul fondo, ci fece entrare, e la chiuse.
– Come fate a conoscere Mikla?
Ci ritrovammo in un piccolo ufficio, una stanzetta con una minuscola finestra e con una parte del soffitto spiovente, come se fosse stata ricavata da un sottoscala.
– Sono solo io, che l'ho conosciuto, – ammisi.
– Ah, – mi rispose István. E anche se era una semplice sillaba, mi sembrò preoccupato.
– Lavorava qui? – domandai.
– Oh, be'. In un certo senso... sí.
Si sedette, si sbilanciò sulla sedia e prese tempo a studiarci un altro po'.
– E ora non c'è piú? – insistetti.
István ci rimuginò alcuni secondi, poi rispose: – No. Direi proprio di no. Non piú.
– Gli è successo qualcosa? – intervenne Nikolai. – È morto?
István rise. – Morto? No! Non è morto, ma... vi dispiacerebbe, prima, raccontarmi come fate a conoscerlo?
Non avevo molto da perdere, e decisi di raccontare la verità: – L'avevo conosciuto su un tram affollato. E dopo ci incontravamo l'undici di ogni mese, al parco. Lui mi portava alcuni... fumetti... e io... be'... li prendevo.
Fissai le tre goccioline di sangue sulla mia scarpa. – Tutto qui. Non sapevo niente di lui a parte il nome e... il giorno che non l'ho piú visto, ho trovato una copia di questo giornale.
István si appoggiò di schianto sulla scrivania. – Che mi venga un colpo! – esclamò. – Tu sei Sándor!
Nel sentirgli pronunciare il mio nome, provai un intenso brivido di paura. E vidi che anche l'imperturbabile Nikolai sussultava.

– Come fa a conoscermi?
– Ma certo! – esclamò István. – Come ho fatto a non pensarci prima? Sándor. Il ragazzo dei fumetti! Caspita! È... è davvero incredibile! Dovrei farti conoscere tutta la redazione. Dovremmo scrivere un articolo, su di te!
– Mi... scusi?
– Sei famoso, Sándor, non lo sai? Mikla ha parlato di te con tutti noi.
– Di me?
– Di te, certo! Prima che... insomma... immagino che tu abbia letto i giornali.
Scossi il capo. – No. Credo proprio di no.
– Quindi non sai nulla della sua espulsione?
– Espulsione?
Chiesi conforto a Nikolai, che annuí, come se avesse capito.
István prese fiato e ci raccontò quello che in realtà noi già sapevamo: – Mikla era seguito dalla polizia. Niente che ti possa spiegare, perché era seguito di continuo. Sospettavano di lui. Dicevano che era un pericoloso... dissidente –. E qui si lasciò scappare una risata amara. – Un pericoloso dissidente, capite? Solo per quello che scriveva, e leggeva, e voleva che noi leggessimo.
Ci rimasi male. Strinsi i pugni. Avevo di nuovo voglia di... picchiare qualcuno.
E lo dissi.
– A chi lo dici, ragazzo mio. A chi lo dici. Ma le cose cambieranno. Molto presto, vedrai. Ti dico che cambieranno. Che stanno già cambiando... – István sembrò per la prima volta rilassarsi davvero sulla sua poltrona. Cominciò a sorridere. A

sorridere e a scuotere il capo. – Ma per adesso... facciamo quello che possiamo.
– E cosa avete fatto?
– L'abbiamo aiutato a scappare, – rispose István, come se fosse la cosa piú semplice del mondo.
Poi si alzò, senza darci altre spiegazioni. – Vieni. Venite con me. Vi devo far conoscere gli altri.

E cosí conoscemmo gli altri.
E poi ci dimenticammo tutti i loro nomi, tranne quello di Elga, la ragazza con la gonna corta che ci aveva accolto all'ingresso.
Ci raccontarono tutti la stessa storia, ed era sempre diversa, e sempre uguale. Era già qualche tempo che il signor Mikla Francia Kiss veniva seguito dalla polizia. Lo pedinavano, e a volte lo fermavano per interrogarlo. Lui faceva lo spavaldo, ma aveva paura. E nonostante la paura, l'undici di ogni mese veniva all'appuntamento con me.
Ripensai al mio, di interrogatorio, nell'ufficio della preside, e provai a immaginare che cosa avesse dovuto passare lui. Viveva alla giornata, come tutti quelli che erano sospettati di essere dei dissidenti, fino a quando la situazione rimaneva tollerabile.
Mi ricordavo ancora chiaramente quello che mi aveva detto l'ultima volta che ci eravamo visti: «Non se ne parla, ragazzo. Quello che riesco a portarti è tuo e basta».
Mi domandai se avessero seguito anche me, e se ci fosse un dossier con il mio nome, tra i loro fascicoli. Spacciatore di fumetti. Un'accusa davvero terribile.
Pensai al signor Kádár, che mi chiedeva dove ero stato.
Lo sapeva?

Era informato dell'indagine?
La stava forse conducendo direttamente lui, insieme all'uomo con i baffi?
– La verità è solo che Mikla è stato uno dei nostri migliori collaboratori... – mi raccontò quel giorno alla «Gazzetta». – E togliendoci lui volevano metterci in difficoltà. Per questo abbiamo provato a resistere il piú a lungo possibile. Ma non abbiamo potuto fare niente: o lui lasciava il paese, o rischiavamo di nuovo di chiudere la rivista.
– E dove è andato? – domandai.
I ragazzi della «Gazzetta» l'avevano aiutato a fuggire prima in Germania, dove doveva ancora essere in quel momento. Da lí sarebbe andato in Inghilterra. Mi spiegarono il percorso nei dettagli e io lo guardai sopra una cartina dove erano segnati tutti i paesi che non avevo mai visto prima: la Germania, l'Inghilterra, la Francia, l'Italia... Era magnifico: mi si stava srotolando davanti un mondo di cui fino a quel momento avevo solo intuito l'esistenza. E fu come se quella cartina, quei paesi, quel mondo... mi stessero chiamando. Capii che in quell'ufficio avevano contatti continui con l'Occidente, che da lí arrivavano e partivano notizie, idee, persone. Capii anche il motivo per cui chiunque lavorasse con loro dovesse essere seguito con un occhio di riguardo dalla Polizia Segreta.
Perché erano incontrollabili, liberi, come mi aveva detto il Maestro Gabor.
Capii quante cose avevo sfiorato senza nemmeno rendermene conto; per me erano semplici fumetti. Semplici fumetti di eroi americani.

E il signor Francia Kiss era solo il signore che riusciva a procurarseli per me.
– Mi dispiace che sia andato via, – dissi al termine di quel racconto.
– In questi casi la fuga è l'unico modo per poter ricominciare... – rispose István.
Lo guardai. Mi venne in mente la notte in cui incontrai per la prima volta il signor Kádár.
Mi venne in mente la notte del Caffè degli Artisti.
Mi venne in mente quando picchiai Lajos.
E riflettei che a quindici anni ero già un esperto di fughe, anche se non mi erano servite a ricominciare niente.
Ci offrirono coca-cola e patatine e ci fecero mille domande.
Ci piacevano davvero i fumetti?
Qual era il nostro preferito?
Avevamo letto Alack Sinner?
Lo volevamo?
Corsero a prendercene una copia che tenevano nascosta sotto a un doppiofondo.
Nikolai lo trovò splendido e fece alcuni commenti che impressionarono i redattori. Parlava come un vero esperto, dissero, e il mio amico si sciolse a poco a poco e cominciò a raccontare del nostro progetto, di Fog Grey, e allora io gli dissi: – Nikolai, no. Ti prego...
Per fargli capire che forse non era il caso. Loro erano davvero degli scrittori e dei letterati, mentre noi eravamo solo due ragazzini con tanta fantasia.
Ma István insistette per farglielo raccontare, e Nikolai raccontò tutto, ma proprio tutto, sia quello che avevo inventato

io sia quello che avevamo inventato insieme, e lo raccontò cosí bene che sembrava che avesse inventato tutto lui.
E forse era davvero cosí. Forse io avevo solo messo in ordine ciò che lui aveva già in testa.
Forse io non sapevo davvero niente, di Fog Grey.
Fu una giornata memorabile, per tutti e due. Una di quelle giornate dopo le quali la tua vita prende improvvisamente una direzione precisa, anche se tu ancora non te ne sei accorto. Nikolai mi sussurrò, a un certo punto: – Non è fantastico?
E vidi nei suoi occhi l'entusiasmo per quel mondo di pagine, parole, idee e disegni. Mentre per me quello che era davvero fantastico era la cartina appesa sul muro, con tutti quei nomi scritti sopra.
– Forse un giorno ci riuscirò anche io... – mi confidò il mio amico, sottovoce. Non mi disse mai chiaramente a che cosa stesse pensando, ma ero perfettamente d'accordo con lui.
Lui pensava al fumetto, a István e alla loro rivista letteraria.
Io, invece, pensavo al signor Mikla Francia Kiss e alla sua fuga.
Verso l'inizio della sera gli amici della «Gazzetta» cominciarono a salutarci e a prendere i soprabiti per tornare a casa. Rimanemmo in pochi e, proprio alla fine, István ci domandò:
– Come siete venuti fin qui?
– In bici, – rispondemmo, in coro.
– Ohi ohi... – mormorò. – Allora credo che dovrete fare un po' di viaggi.
Ci scortò nel cortile sul retro, tirò fuori una pesante chiave di ferro e la usò per aprire la porta di un garage. Accese una luce volante e ci indicò uno scatolone.
Era alto quasi come me.

E c'era scritto: *SÁNDOR*.
István si grattò la barba, pensieroso. – Credo che sia del tutto inutile dirvi che cosa c'è dentro, vero?

# 23. Un amico è la sola differenza

Il 25 giugno, sedici giorni dopo la morte di mamma, feci la mia ultima consegna.

Avevo riempito all'inverosimile la tasca segreta del mio inseparabile giaccone verde ed ero saltato in sella senza pensarci due volte.

Ero ancora molto confuso sul quadro generale della mia vita, ma alcune singole azioni mi risultavano chiarissime, come pagliuzze d'oro nel fango. Il fango era tutto a casa: e non ci soffocava solo grazie alla voragine che si era scavata tra me e mio padre.

Stavamo entrambi zitti, protetti dal nostro guscio.

– Perché fai cosí? – mi aveva domandato una volta lui, a cena.

– Faccio cosí cosa?

– Non mi parli. Da quando non c'è piú tua mamma...

– Non ho niente da dirti.

– Forse sono io ad avere qualcosa da dirti.

– Allora dimmelo.

– La scuola?

– La scuola cosa?

– Come va, a scuola?

– Va bene.

– E l'esame? Tua madre ci teneva sopra ogni altra cosa che tu...

– L'esame va bene.

– Vedi? È di questo che dovremmo parlare. Non è poi cosí difficile. È cosí difficile?
– No. Non lo è.
Solo che non era nemmeno vero: in quelle due settimane non ero mai piú tornato a scuola e non sapevo assolutamente niente del mio esame.
Al mattino, semplicemente, uscivo di casa e pedalavo.
Al pomeriggio facevo altrettanto: pedalavo. E pedalavo ancora.
E cosí feci anche quel giorno.

Lajos mi osservò con sospetto, dall'altra parta del cancello di casa sua.
Viveva in un edificio di legno, a due piani, ai piedi delle colline di Buda. Il quartiere si chiamava Huvosvolgy e sembrava un paese di aperta campagna.
Per trovare l'abitazione di Lajos avevo dovuto chiedere ai vicini, perché non tutte le vie avevano i nomi e i numeri civici. Avevo domandato del poliziotto con il figlio biondo, e mi avevano indirizzato fin lí.
– Che cosa sei venuto a fare? – mi domandò, indeciso se aprirmi oppure no.
– Sono venuto a chiederti scusa, – risposi.
Lui si portò una mano al naso. Il segno del mio pugno si era assorbito e sul suo volto restavano solo piccoli graffi scuri.
– Scusarti di cosa?
Di una cosa dovevo dargli atto: Lajos non aveva parlato con nessuno della nostra aggressione. Aveva tenuto il segreto per sé e non credo perché si vergognasse di dover raccontare di es-

sere caduto in un simile tranello. Aveva tenuto il segreto perché aveva voluto tenerlo.

– Lo sai, – tagliai corto.

Aprii davanti ai suoi occhi la sacca segreta del mio giubbotto, incurante del fatto che lui mi stesse osservando. Lui ne rimase quasi imbarazzato. – Senti... io...

– No. Senti tu.

Gli passai attraverso le sbarre i primi fumetti che mi capitarono in mano e lui li afferrò. Continuai in questo modo fino a quando non glieli ebbi consegnati tutti e poi richiusi la zip.

– Ho cercato di scegliere quelli che secondo me potevano piacerti di piú... e questi... che sono riuscito a salvare...

Gli misi in mano i tre famosi numeri di Spider-Man che avrei dovuto bruciare nel bagno della preside.

– Non strabuzzare gli occhi, – gli dissi. – Sono proprio i tuoi.

– Ma come hai fatto...?

– Segreti del mestiere. Se vuoi cominciare a farlo tu al posto mio dovrai impararli, prima o poi... E, per finire...

Gli consegnai il numero dell'Eternauta che quasi mi era costato l'espulsione dalla scuola. Dentro alle pagine, avevo infilato quattro monete da un fiorino.

– Avresti dovuto dire alla preside di cercare nel mio giubbotto, non nello zaino... – gli spiegai, con la massima calma.

Lajos abbassò lo sguardo.

– Perché fai questo?

– Perché esco dal giro, – gli risposi. – Questa volta davvero. E... e non voglio che i miei fumetti vadano sprecati. Ci è costato fatica, portarli fin qui. A me... e a tanti altri. Tu sei intelligente, sei un buon lettore. Fanne ciò che reputi giusto.

Rimase lí, imbambolato, dall'altra parte del cancello.
Io tornai alla bicicletta. Montai in sella.
– Ehi, Sándor!
Mi voltai.
– Vuoi entrare un attimo?
Sorrisi: alla fine ce l'avevo fatta.
Il perfido Lajos aveva abbassato le armi e, forse, si era deciso a fidarsi di me. Ma era troppo tardi, ormai.
– Ti ringrazio, – dissi. – La prossima volta, magari.
– Magari ti faccio preparare una torta.
– Sarebbe fantastico.
– Mele o cioccolato?
– Cioccolato.
– Andata. Torta al cioccolato, allora.
– Stai bene, Lajos.
– Anche tu.
E quello fu il nostro ultimo saluto.

Piú tardi, Nikolai provò a convincermi in tutti i modi che dovevo tornare a scuola, che i professori chiedevano di me e che non era troppo tardi per recuperare l'anno.
Ma io avevo altro per la testa. Nelle giornate confuse che avevo passato nelle strade di Budapest avevo parlato con tanta gente che mi aveva raccontato le stesse cose che avevamo sentito alla «Gazzetta Letteraria»: che le cose sarebbero cambiate. Che stavano per cambiare. Aspettavamo tutti un grande cambiamento e lo si poteva quasi sentire, anche se nessuno sapeva dire di cosa si trattasse, né quando o da quale direzione ci avrebbe travolto.

Lo aspettavo anche io, e intanto riflettevo sui cambiamenti che stavano accadendo in me. Lo facevo con pensieri confusi e sgraziati, che non andavano da nessuna parte. Non ero sicuro di niente e vedevo tutto nero, senza speranza. Mi aggrappavo alle poche cose di cui ero stato sicuro in passato: come quando ero stato sicuro che la preside non avrebbe scoperto il mio traffico di fumetti o quando ero stato sicuro che non sarei stato in casa, quando mia mamma fosse morta.

Vedevo tutto cosí negativo che ogni cosa che mi era piaciuta mi risultava orribile: anche le avventure di Fog Grey.

Ero incapace di riconoscermi e di decidere quello che dovevo fare, che poi, forse, era semplicemente riuscire a buttarmi tutto alle spalle, e decidermi a crescere. A diventare un uomo. Perdevo tempo, e facevo l'unica cosa che sapevo fare bene: muovermi in continuazione. E cosí pedalavo, parlavo con gli altri per lasciarmi convincere da qualche nuovo concetto fulminante, osservavo cose fingendomi sempre curioso, e cercavo di capire perché, in realtà, mi sentissi cosí vuoto.

Mi odiavo, a volte. E quando mi odiavo finivo per odiare anche tutti gli altri.

Odiavo tutti. Anche il mio unico, vero, amico.

– Posso chiederti una cosa, Nikolai? – gli domandai quel giorno, irritato dal suo ennesimo tentativo di riportarmi a scuola.

– Naturalmente, capo.

Avrei potuto sorridere, in quell'istante: era molto tempo che non mi chiamava piú cosí. Ma non lo feci.

– Quand'è che ti sei fatto una copia delle chiavi di casa mia?

Nikolai strabuzzò gli occhi.

– Come dici, scusa?
Ormai avevo iniziato, e ormai dovevo andare fino in fondo. Mi costava fatica, ma sentivo il cuore che batteva veloce, come per spronarmi a continuare.
– Ti ho scoperto, coniglio, – continuai.
– Ma di cosa stai parlando?
– Ascolta: puoi farla agli altri, ma a me no.
– Sándor? Sei impazzito?
No. Non ero impazzito. La verità era che non ce la facevo piú. Avevo la testa troppo piena di pensieri, e rischiavo di scoppiare.
Non volevo piú un amico che mi facesse sentire in colpa per la scuola.
Non volevo piú un amico che mi ricordasse tutto quello che non ero riuscito a fare.
Non volevo piú un amico che conosceva cosí bene tutti gli errori che avevo fatto.
– Io mi sono fidato di te, Nikolai... mi sono fidato di te... ti ho raccontato ogni cosa. Ogni cosa. Tu eri l'unico che sapesse dove tengo i miei fumetti... e i miei risparmi...
– Sándor...
Lo guardai, duro. – Mi mancano quasi mille fiorini, Nikolai!
Lui scuoteva il capo. Agitava le mani sporche di inchiostro. Cominciò a tossire, senza riuscire a fermarsi. – No... no... no... Ti sbagli, io...
– Mille fiorini! – urlai. – E lo sapevi solo tu!
Fu troppo anche per lui.
Nikolai scappò via e non mi parlò mai piú di tornare a scuola. A parte un'unica occasione, non mi parlò mai piú e basta.

Sparí dalla mia vita, dalle mie giornate, vergognandosi di quanto era successo, solo che io pensavo si stesse vergognando di sé, mentre lui, in realtà, si stava vergognando di me, e di cosa ero diventato.
Perché non era stato lui a rubare i fiorini dal mio barattolo di conserva.

Mi sentivo come un foglio di giornale, pieno di notizie dimenticate.

Pedalavo per Budapest senza una meta precisa, in una città che mi sembrava ogni giorno piú piccola. Mi fermavo ai bar ad ascoltare quello di cui parlava la gente. Non lo capivo, ma continuavo ad ascoltare. C'erano notizie che viaggiavano veloci. Io, però, ero piú veloce di loro.

Mi sentivo euforico, a ondate, e durante quei momenti riuscivo a convincermi di aver fatto la scelta giusta. Invece, il mio corpo si stava solo difendendo, tenendomi lontano dalla consapevolezza di ciò che avevo davvero perduto.

Non avevo ancora pianto per mia mamma. E non mi sentivo ancora solo, senza gli amici che avevo malamente allontanato. E pensavo alla cartina appesa al muro della «Gazzetta Letteraria».

E a tutti i posti in cui era era fuggito il signor Mikla Francia Kiss.

Il diciassettesimo giorno dopo la morte di mamma, mio padre tornò a casa prima del previsto.

Stavo contando per l'ennesima volta i miei risparmi dentro al barattolo di conserva e mi ero accorto che i fiorini che mancavano all'appello erano piú di mille e duecento. Questo avrebbe dovuto farmi riflettere, ma non lo fece. Avevo lasciato socchiusa la porta della camera e, quando sentii armeggiare con la serratura dell'ingresso, capii che non avrei avuto il tempo di sistemare di nuovo ogni cosa dentro allo scomparto segreto. Nascosi le mie cose sotto al letto e feci appena in tempo a sedermi sul materasso.

Mio padre aprí la porta della camera con una manata.

Capii all'istante che aveva bevuto, e ne fui spaventato, perché era la prima volta che lo vedevo in quello stato prima di cena. Fuori dalla finestra, il cielo si scurí rapidamente.

– Sei qui! – esordí mio padre, appoggiandosi allo stipite della porta. La sua collana d'oro brillò di un lampo minaccioso.

Si stropicciò la faccia con le mani, prima di proseguire: – Sei un gran bugiardo, lo sai?

Rimasi zitto, in attesa.

– Cosa combini, Sándor? Eh? Cosa combini?

Continuai a tacere.

– Non hai niente da dirmi?

Fece un passo dentro alla mia stanza. Io mi ritrassi sul letto, indeciso sul da farsi. Mi faceva un certo effetto vederlo lí, dentro il mio regno, che avevo sempre considerato inviolabile.

– ALLORA, SÁNDOR? – mi domandò, gridando. – NON HAI NIENTE DA DIRMI?

Il suo tono di voce era terribile.

– Abbassa la voce, – gli dissi. – Ci sentono tutti.

Lui spalancò le braccia.

– CI SENTONO TUTTI? E ALLORA? È UN PROBLEMA, PER TE?

– Papà... per favore. Abbassa la voce.

– NON LA ABBASSO, LA VOCE!
– Papà... – ripetei.
Sapevo che quella parola aveva il potere di tranquillizzarlo e di dileguare alcune delle barriere che c'erano tra di noi. Volevo fargli credere che non gli ero ostile. E non essergli ostile era il massimo che riuscivo a provare per lui.
In qualche modo funzionò anche quella volta: Vírag respirò a fondo, si schiarí la gola, scosse la testa, toccò i miei libri, si appoggiò al mio tavolo, passò davanti alla mia cassaforte segreta e si sedette sulla sedia nell'angolo della camera.
Ci crollò sopra.
La prima cosa che pensai fu: da lí può vedere la scatola Philips che ho infilato sotto al letto?
– Come è andata a scuola, oggi? – mi domandò, dopo essersi di nuovo stropicciato la faccia.
Pensai che volesse cambiare argomento e trovarne uno sufficientemente neutro per fare la pace, e ci cascai.
– Bene, – gli risposi.
Mio padre sollevò gli occhi. Riconobbi nel suo sguardo lo stesso disprezzo che a volte usavo nei suoi confronti.
– Sei un bugiardo, – mi ripeté.
Mi inchiodò al letto con quella semplice parola: «bugiardo». Mio padre era o non era tante cose. Un pubblico dipendente, ma non un uomo di successo; un soldato, ma non un eroe con le medaglie. Era sposato, ma non amato. Aveva un figlio, ma non era suo padre.
Era tutte queste cose, ma non era un bugiardo.
– Oggi è venuta a parlarmi la tua preside, – mi svelò, e quella semplice frase fu sufficiente a farmi capire che aveva scoperto

tutto e sapeva che nelle ultime due settimane non ero andato a scuola e non ero affatto preparato per l'esame.
Cominciò a scuotere la testa.
– Perché, Sándor? – si domandò. – Perché mi hai fatto questo? – Si appoggiò il volto alle mani, i gomiti alle ginocchia, e continuò a lamentarsi: – Perché? Mi vuoi dire perché?
– La scuola non mi interessa piú, – gli risposi.
– E perché non ne abbiamo parlato? – mi domandò.
– Non lo so.
– Cosa credi che ti avrei fatto? Che ti avrei picchiato?
Ci pensai alcuni istanti, poi: – Sí, – gli risposi. Credevo che mi avrebbe picchiato. Ero sicuro che mi avrebbe picchiato.
La sua sedia scricchiolò. Lui si alzò in piedi davanti a me. – Invece è adesso, che vorrei picchiarti!
Alzò una mano e io mi ritrassi sul letto.
– PAPÀ!
– Non mi chiamare papà! Non sono tuo padre! E non vorrei nemmeno esserlo! Non ho mai voluto esserlo!
Abbassai le braccia, insolitamente ferito da quella frase. Come se mi avessero all'improvviso tolto qualcosa che io davo per scontato. Fu doloroso, sí, ma fu anche una specie di liberazione. Se lui non voleva essere mio padre, allora... io... non dovevo... badare a lui?
Lo guardai. E capii chiaramente che ora che mamma non c'era piú, non avevamo nessun motivo per continuare a vivere in quella casa. Il nostro castello di carte, i piccoli gesti, le attenzioni, gli orari, la scuola, erano solo il nostro modo di continuare il gioco che lei ci aveva preparato.
Stancamente, mio padre si avviò alla porta.

– Non buttare via tutto, Sándor! – esclamò mio padre. – La preside è molto preoccupata. Dice che sei... che eri il miglior alunno della tua classe. E che è un peccato che tu... – tirò su con il naso, se lo asciugò sul dorso della mano, gesticolò come per ritrovare il filo del discorso.

– Papà, io...

– Tua mamma ha fatto molti sacrifici per farti studiare... – borbottò ancora, uscendo dalla camera.

Mi sforzai di dirgli: – Hai ragione.

Lui si fermò sulla soglia. – Me lo stai dicendo perché lo pensi o perché vuoi solo che esca dalla tua stanza?

– Lo penso davvero, – risposi.

E volevo anche che uscisse da quella stanza.

– Mangiamo qualcosa? – domandò.

Avevamo bisogno entrambi di una tregua.

Accettai, e lo seguii, rimuginando.

Tirai fuori dal frigo alcuni pezzi di formaggio, un barattolo di verdure sottaceto e del maiale freddo, con una paprika molto forte.

Misi una padella sul fuoco e cercai un fiammifero per accendere il gas.

– Tieni, – mi disse mio padre, svuotandosi le tasche per cercare un accendino.

Nel farlo, appoggiò sul tavolo il mazzo di chiavi, un pugno di monete e alcune banconote.

Io le guardai. Le chiavi, prima di tutto. Erano le chiavi di casa. Poi le monete e infine le banconote. Le guardai con molta attenzione, quasi senza riuscire a crederci. Quasi avessi perduto di colpo la vista, e avessi bisogno di un paio di occhiali rat-

toppati, come quelli di Nikolai. Quelle banconote spiegazzate avevano ancora piccole gocce di cera sul lato.
Appoggiai la pentola di schianto sui fornelli.
Erano le banconote di Agota.
Erano le MIE banconote.

– SÁNDOR! – gridò mio padre. – STA BRUCIANDO!
Mi scostai dal gas. Avevo un mestolo in mano, ma lo lasciai cadere a terra.
Le banconote di Agota.
I miei fiorini!
I risparmi che tenevo nascosti nella mia cassaforte segreta.
Come era possibile?
Fui travolto dalle immagini: mio padre che scostava l'asse, che sbirciava, che infilava una mano, che trovava la scatola con i fumetti, che si domandava che cosa fossero... e mia mamma distesa a letto, nella camera a lato, all'oscuro di tutto.
Mio padre!
Quando aveva saputo? E quando aveva cominciato a rubarmi i soldi?
Non riuscivo a trovare le parole.
Lui mi guardava, seccato.
– Ti sei imbambolato? – mi disse.
Mi vennero fuori tutte in un colpo: – Quei soldi sono miei!
Non ci fu bisogno di tanti giri di parole.
Vidi lo smarrimento nei suoi occhi e capii che avevo ragione, e che l'avevo scoperto.
Mi afferrò per un braccio. – Ti posso spiegare!
Mi divincolai. – No che non puoi!

Provò di nuovo a schiaffeggiarmi, ma non ci riuscí. Uscii di corsa dalla cucina e di colpo, nel corridoio, mi fu finalmente chiaro quello che dovevo fare: dovevo andarmene.

Dovevo andare via, via da lí, via da quella città, via da quella nazione, come aveva fatto il signor Francia Kiss.

– SÁNDOR!

Ma per andare via mi servivano i soldi. Mi chiusi in camera e feci scattare la serratura di Zio Szabó. Mi appoggiai alla porta, respirando a fondo, poi cominciai a rovistare sotto al letto.

Lo sentii avvicinarsi.

– Sándor! Ti posso spiegare! Mi dispiace, ma... non...

Mentre tiravo fuori i fumetti, e i miei quattromilacentosessantacinque fiorini, piú novecentocinquanta, meno quattro e meno milleduecento, cominciai all'improvviso a piangere, e tutte le lacrime che non avevo versato per la morte di mamma cominciarono a uscire, una dopo l'altra.

– Avevo bisogno di qualche spicciolo... – stava blaterando mio padre, fuori dalla mia camera.

– Mille e duecento fiorini! – gridai.

– È solo un prestito, ragazzo mio. Te li restituirò, dico davvero. Non appena le cose ricominceranno a essere normali, io... io...

Lui cosa? Cosa avrebbe fatto? Che cosa avrebbe potuto fare?

Niente.

Era questa, la risposta.

Ma io sí. Io potevo ancora fare qualcosa.

Aprii la porta, facendomelo quasi ruzzolare addosso.

Gli lanciai contro i fumetti. Gli albi si aprirono sopra di noi, come farfalle colorate.

Cominciai a correre verso la porta d'uscita.
Lui impiegò un po' a capire quello che stavo facendo.
– Sándor? Ehi, Sándor? FERMATI! – gridò mio padre.
Aprii la porta.
Mio padre cominciò a seguirmi.
Feci in tempo a scendere i primi gradini, al buio, che lui apparve dietro di me.
Mi girai.
Mi parve di vedere, in fondo al corridoio di casa, pagine di fumetto che galleggiavano ancora nell'aria, e sapevo benissimo che non era possibile. Ma le vidi. Stavano là, come se fossero tenute in volo dalle mani fantasma dei miei eroi.
Papà mi aveva quasi raggiunto. I suoi occhi erano neri come se un disegnatore vi avesse versato dentro tutto il suo inchiostro. Aveva le mani sollevate, come se avesse voluto colpirmi, o afferrarmi, o piú semplicemente trattenermi.
Nel momento stesso in cui uscí sul pianerottolo di casa, perse l'equilibrio e barcollò sui gradini. Cadde in avanti, battendo la testa contro il muro e rimase lí, immobile.
Era successo cosí rapidamente che non ebbi nemmeno il tempo di respirare.
Nel palazzo scese il silenzio. I fumetti in fondo al corridoio scivolarono a terra.
Io provai ad avvicinarmi a lui, terrorizzato dalla sua grande sagoma svenuta a pochi passi da me.
Mi domandai come avesse fatto a cadere in quel modo, e a mettersi fuori gioco da solo: se non fossi stato cosí spaventato, avrei anche potuto ridere di quell'inseguimento.
Tornai sui miei passi un gradino alla volta, il cuore che batteva

impazzito e i pensieri che vorticavano, senza un centro di gravità.

Dalle ombre della scala si staccò una figura.

Nikolai.

Non l'avevo visto fino a quel momento. Era sbucato dal nulla, come se fosse sempre stato nascosto là dietro. La testa mi pulsava furiosamente.

– Nikolai?

– Ho sentito un gran baccano ed ero appena sceso per vedere che cosa stava succedendo... – Tossí e si sistemò gli occhiali. – Ti ho visto uscire, poi... Non l'ho fatto apposta... – balbettò Nikolai. – Ma credo di...

– Cosa? – gli domandai.

– Credo di avergli fatto... lo sgambetto, – sussurrò Nikolai. Lo disse con enfasi drammatica, ma non aveva ancora finito la frase che gli scappò da ridere. Rise e pianse al tempo stesso, e cosí feci io, avvicinandomi a lui.

– Oddio, Sándor... non è che l'ho... non è che tuo padre è...

Scossi la testa. – No, – gli dissi.

Nikolai, il mio unico amico. Mi appoggiai a lui. Lo abbracciai. Sentii il suo corpo tra le mie braccia. Lí, accanto a me.

– Che cosa devo fare? – gli domandai, con un sussurro.

Lui lo sapeva già. L'aveva sempre saputo, perché era il mio migliore amico. Perciò non impiegò un secondo a rispondermi: – Vai via.

Fu come una scossa elettrica.

– Vieni via con me, – gli proposi.

Sentivo che mi scorrevano ancora lacrime calde, ma non riuscivo a capire se fossero mie, o sue. – Vieni via con me, Nikolai.

Lui mi afferrò per le spalle e mi allontanò.
– Io non posso, – mi rispose. – Io devo restare qui.
Non capivo il motivo, e non lo capii per molto tempo, per cui lui dovesse restare lí, in una casa dove i suoi genitori non c'erano mai, in un palazzo dove non c'era nessun futuro.
– Vieni via con me, – ripetei, a voce ancora piú bassa.
Ma lui scosse il capo, tranquillo. – No. Io resto. Lo sai.
Era vero. Lo sapevo. Ma avevo tentato.
– Non preoccuparti per me. Vai via, Sándor! Scappa! Ora!
Mi diede qualcosa che afferrai senza nemmeno guardarlo.
Erano i suoi fiorini.
Feci per restituirglieli subito, ma non appena sollevai lo sguardo, Nikolai era di nuovo diventato invisibile.

Scesi le scale a precipizio, senza voltarmi.
Solo qualche mese prima le avevo salite sentendomi inseguire dai mostri. Ora facevo il percorso contrario, e mi sentivo ancora piú spaventato di prima.
Arrivai in cortile, afferrai la mia bicicletta e ci salii sopra.
Feci girare il pedale e lo posizionai al punto giusto.
Ecco.
Era quello il momento.
Cercai intorno a me la bicicletta di Nikolai.
La riconobbi, rossa e fiammante, al solito posto.
Le feci un saluto militare, come lo avrebbe fatto Fog Grey, poi sorrisi, con il cuore pieno di paura, e cominciai a pedalare.

Non appena uscii in via Király, scoprii che per strada c'erano centinaia di persone. Camminavano compatte, una accanto all'altra, come in una processione. Stavano cantando. Avevano acceso centinaia di candele e le tenevano alte, sulla testa, o sui davanzali delle finestre.

Mi spintonavano da ogni parte, e non riuscivo a capirne il motivo.

Lo capii molto piú tardi, quella stessa notte e nelle notti che seguirono.

Era arrivato il momento.

Quella notte ero solo, solo come non lo ero mai stato nella mia vita, eppure, in strada, ero circondato da una folla di uomini, di donne, di ragazzi, di vecchi e di fantasmi. Festanti, esitanti, euforici, stavano invadendo ogni singola strada di Budapest. Cantavano, ridevano, si abbracciavano e ballavano.

Ero scappato di casa proprio la notte del 26 giugno 1989, la stessa in cui la mia città si liberava del suo passato: quello che i ragazzi della «Gazzetta Letteraria» ci avevano raccontato era avvenuto. Il governo era caduto. E nemmeno i centomila poliziotti della città potevano fermare quella prima, grande, manifestazione spontanea.

Io mi lasciai guidare fino a piazza degli Eroi, dove si stavano riunendo tutti.

Ero spaventato e fiducioso al tempo stesso. Pensavo di nuovo a Nikolai e ai miei amici. E mi veniva di nuovo voglia di ridere.

Spingevo la mia bicicletta e mi guardavo intorno.

Avevo quindici anni, due rotoli di fiorini in tasca e una bicicletta scassata.

Ero invisibile, in quella folla sterminata di gente.

Non è che avessi paura, sia chiaro.

Piazza degli Eroi era il posto che faceva per me.

## 25. Vent'anni dopo, Clark Kent

Ho impiegato ventidue anni a trovare il coraggio di tornare. Nelle settimane successive alla mia fuga chiesi aiuto ai ragazzi della «Gazzetta Letteraria» e loro mi aiutarono. Non fu una cosa semplice: c'era una grande confusione nei paesi dell'Est, perché era appena crollato il muro di Berlino, e nessuno sapeva bene cosa sarebbe successo. Budapest, Varsavia, Praga, Bucarest e tante altre città erano permeate da un'euforia contagiosa. Mi trasferii prima in Austria, poi in Francia e infine a Philadelphia, negli Stati Uniti d'America. Inaspettatamente mi laureai in matematica e fisica. La scrittura, a quanto pareva, non era davvero la mia vera strada.

Mi sposai ed ebbi quasi subito un bambino, che chiamai Nikolai, e due gemelle, Eva e Veronika, che arrivarono pochi anni dopo.

Chi l'avrebbe detto? Non certo io. E non certo dopo tutto quello che avevo passato.

Ho avuto una carriera normale. Non brillante, ma nemmeno scadente.

Posso dire senza paura di mentire che sono un uomo felice.

Forse non sono riuscito a fare esattamente quello che sognavo di fare da bambino, ma mi domando se sia davvero cosí importante dover rispettare i programmi e le aspettative che si hanno da giovani. Non è meglio essere felici... e basta?

Ventidue anni fa questa libreria, la Alexandra, non esisteva neppure. Budapest era un'altra città, un altro mondo, un pianeta differente. E iniziò a cambiare proprio la notte del 26 giugno di quell'anno. Da qualche parte bisognava pur cominciare.

Anche io feci la stessa cosa: accettai di non poter piú essere un bambino e provai a comportarmi come se fossi diventato un uomo. Non credo di essere stato particolarmente coraggioso a scappare di casa a quindici anni, ma nemmeno di essere stato un vigliacco nei ventidue successivi.

Conoscevo bene, ormai, la differenza.

Non ho mai saputo con sicurezza che cosa accadde a mio padre. Ho immaginato che si fosse ripreso rapidamente dopo la caduta, che non si fosse dispiaciuto piú di tanto che io fossi scappato di casa e che, dopo poco, avesse trovato qualche donna che si occupasse di lui. Malignamente ho anche pensato che, questa volta, avrebbe dovuto cercarsela da sola, perché il Partito non esisteva piú. Piú affettuosamente, lo voglio immaginare invecchiato e sereno, nella nostra vecchia casa, magari ancora seduto al suo solito posto in cucina.

Dubito che tornerò a visitare i Cortili: preferisco tenere certe cose cosí come le rammento, anche se le ricordo male. È il mio mondo, dopotutto. E il mio mondo lo voglio popolato dai ricordi che decido io.

La libreria è il primo posto in cui mi sono fermato. Non mi aspettavo di trovarne una cosí grande. Non c'era, ventidue anni fa, e non c'erano tutte queste opere tradotte in ungherese.

Erano spazzatura!

Solo spazzatura.

E invece, eccoli qui, romanzi d'amore, thriller, fantasy, fantascienza... fumetti...
Ci siamo arrivati, finalmente. E il cerchio si può chiudere.
Mi aggiravo tra tutta questa sconfinata produzione e ho notato, per puro caso, un piccolo fumetto che mi ha fatto balzare il cuore in gola. Si intitolava: *Le avventure di Fog Grey*.
Non ci credevo.
Ma sul frontespizio c'era scritto:

FOG GREY
IL FIGLIO DELLA NEBBIA.
IL TENENTE SENZA MEMORIA.
COLUI CHE È SOPRAVVISSUTO AL BUIO.

E, poco piú sotto:

*Un'avventura ideata e disegnata dall'allegro Nikolai Ferenc*
*Soggetto, Sceneggiatura e Supervisione: Nikolai Ferenc*
*Con i contributi indispensabili di Sándor, Bibo e Zio Szabó*
*(Inchiostratore: Bruce Patterson)*

Nikolai Ferenc. Quel Nikolai.
Il mio migliore amico.
Mi sono sentito girare la testa. Non potevo certo immaginare che avrei avuto un'altra occasione di incontrarlo.
Ma erano lí, tra le mie mani.
Le avventure di Fog Grey!
Le ho sfogliate rapidamente, ed erano proprio come le avevamo immaginate: il tenente nazista, il palco dell'Opera, la

perfida dottoressa... e poi mi sono bloccato di colpo, con la bocca spalancata, a pagina 24.
Era Bibo, il personaggio disegnato lí! Ce l'aveva messo davvero!
Uno dei tipici scherzi di Nikolai. Uno scherzo, ma anche la piú inaspettata testimonianza di quello che c'era stato tra di noi. Aveva fatto tutto da solo: storia, disegni, inchiostri, colori e... naturalmente, la supervisione.
Nikolai Ferenc! Che cosa straordinaria!
Ci aveva messo ventidue anni: lo stesso tempo che avevo impiegato io a decidermi di tornare a casa.
Avevo sempre pensato che le cose accadono quando devono accadere. È cosí che va la vita.
Vedendomi lí, imbambolato con il fumetto tra le mani, una ragazza del personale della libreria mi ha detto: – Ottima scelta.
– Come dice? – le ho risposto.
– Le ho detto che ha fatto un'ottima scelta... – Mi ha indicato una seconda sala della libreria. – Quel fumetto è molto seguito, qui da noi. Se vuole, da quella parte c'è l'autore. Può farselo firmare, se vuole.
Mi sono sentito afferrare dalle vertigini. Ed è stato bellissimo.
Ho chiamato mio figlio, l'ho chiamato con tutta la fretta del mondo e gli ho consegnato il fumetto.
– Guarda! – gli ho detto.
– Ma è in ungherese! – ha obiettato lui.
– Si capisce lo stesso, – gli ho risposto.
E se non capisci, inventi. È cosí che va, con i fumetti.
Ho cominciato a spingerlo nell'altra sala.

– Dove andiamo, papà? – mi ha chiesto lui, ridendo.
– A conoscere un vecchio amico... – gli ho mormorato.
La seconda sala era uguale a quella da cui eravamo appena usciti. Era stretta e lunga, bene illuminata, con tanti libri sugli scaffali di legno.
E lui era di schiena, con il braccio sollevato a rimetterne a posto uno.
Ha tossito e si è spinto gli occhiali sul naso.
Il mio Nikolai.
Eccolo lí, a ventidue passi e ventidue anni di distanza da me.
Ho sussurrato a mio figlio di andare da quel signore a portargli il fumetto e mio figlio mi ha ubbidito.
Nikolai si è voltato verso di lui, sotto ai miei occhi.
Ha guardato mio figlio con il nostro fumetto tra le mani, e gli ha sorriso.
– Oh, ma questo è vecchio! Dove l'hai trovato?
– È dei miei tempi, – sono intervenuto io. – Le storie vecchie sono sempre le migliori.
Nikolai si è girato verso di me, lentamente, come se l'aspettasse. Come se avesse preparato quel momento per tanto tempo. E forse era davvero cosí.
Ci siamo guardati.
Ed eravamo ancora noi.
– Ehi, – gli ho detto.
– Ehi, – mi ha risposto lui.
Ha di nuovo guardato mio figlio, e ha capito chi era.
– Vuoi che gli faccia un autografo?
– Fallo con questa, però.
Ho infilato una mano in tasca e ho tirato fuori la mia Parker.

– È un'ottima penna, – ho sussurrato.
– Lo so, – ha risposto Nikolai. – Ne ho una identica.
Si è inginocchiato, senza smettere di guardarmi.
– Come si chiama? – mi ha domandato, mentre mio figlio gli si avvicinava titubante.
– Si chiama come te, – gli ho risposto.
Lui ha annuito.
Ha sfilato il cappuccio della sua penna identica alla mia e ha scritto:

*A Nikolai, e ai nostri quindici anni.*
*Cosí, ce li ricorderemo per sempre.*

# Nota dell'Autore

Mi è venuta l'idea di questa storia chiacchierando con un ragazzo di Sopron, Ungheria, che mi raccontava quanto fosse stato difficile, per lui, procurarsi dei banalissimi fumetti durante la sua adolescenza. Ho poi viaggiato per conto mio, trovando territori a volte fantastici. Per quanto abbia tentato di ricostruire con precisione la vita di Budapest durante quella primavera, vi avverto fin da ora dei numerosi errori che sicuramente avrò fatto. Sono tutti miei e non di coloro che mi hanno aiutato nelle indagini. Ho spesso sacrificato la veridicità dei fatti, o dei luoghi, ai motivi narrativi, o puramente evocativi. Perciò, per esempio, Sándor e Nikolai vanno alla Scuola Prater, davanti alla quale, oggigiorno, si trova il commovente monumento ai Ragazzi della via Pál, e non a un piú corretto Gimnázium, o una Szakközépiskola, ovvero la scuola professionale. I Cortili dove abitano sono stati recentemente ristrutturati, e ospitano gallerie d'arte, negozi e bei locali: valgono una visita.
Tutto ciò che riguarda la «Gazzetta Letteraria» è inventato. Di quella vera mi colpí l'ultimo numero, del 2 novembre 1956, quando venne chiusa e i suoi collaboratori dovettero cominciare a stamparla prima a Londra, e poi a Parigi. La prima copia ungherese fu nuovamente stampata proprio nel 1989, e per questo motivo nella storia immagino che i redattori ci stessero già lavorando «prima» della notte del 26 giugno. I personaggi della storia, i loro nomi e soprannomi sono del tutto fittizi e ogni riferimento a personaggi storici reali è del tutto casuale.

Un ringraziamento speciale va a Michele Foschini, per l'entusiasmo con cui ha accolto l'idea di questa banda di spacciatori di fumetti, e per avermi aiutato a districarmi tra gli albi americani e le citazioni dei capitoli, che rimandano, tutte, a fumetti particolari. A voi il divertimento, se vorrete, di scoprire quali. Se ho ancora sbagliato a citare qualcuno degli X-Men è perché continuo a preferire gli Inumani, amico mio.
Desidero poi ringraziare Gaia Stock, di Einaudi Ragazzi, per avermi trovato al telefono e proposto di inaugurare questa loro nuova avventura. Ricordo con particolare allegria quando, al termine di una bella chiacchierata a Francoforte insieme anche a Orietta Fatucci e Alessandro Gatti, tirai fuori dalla tasca della giacca, cosí come fa Sándor alla fine con la sua penna, una tessera magnetica bianca che chissà come mi era rimasta lí, e dissi: «Carta Bianca». A quanto pare, è diventato il nome della collana.
Un grazie speciale va a Lú, che sorride sempre, anche nelle giornate di pioggia, e trova i quadrifogli là dove agli altri sono invisibili.
Infine a Mariano Minaudo, Andrea Olivieri, Luca Bocchiotti e Andrea Tacchella, che sono stati gli amici, e spesso gli eroi, dei miei quindici anni.

*Acqui Terme, 15 novembre 2010*

# Indice

# CARTA
# BIANCA

Pina Varriale, *L'ombra del drago*

Elena Peduzzi, *Senso zero*

Davide Morosinotto, *Il Libero Regno dei Ragazzi*

Guido Sgardoli, *Demoni e predoni*

Michela Turra, *Il mondo nel palazzo*

Mario Pasqualotto, *L'estate delle falene*

Alessandro Gatti, *Quaranta gradi*

Elena Peduzzi, *Rachele, la rossa*

Zita Dazzi, *Luce dei miei occhi*

Barbara Baraldi, *Un sogno lungo un'estate*

Elisa Puricelli Guerra, *Cuori di carta*

Mario Corte, *Serie A*

Tommaso Percivale, *Ribelli in fuga*

Pierdomenico Baccalario, *Lo spacciatore di fumetti*

Lorenza Bernardi, *In punta di dita*

*Finito di stampare nel mese di settembre 2013*
*per conto delle Edizioni EL*
*presso Grafica Veneta S.p.A., Trebaseleghe (Pd)*